이혼이 어때서?

이혼이 어때서?

초판 1쇄 발행　2018년 12월 10일

지은이　은파
그린이　정다희

펴낸이　김경옥
펴낸곳　도서출판 다웅
디자인, 제작　디자인원(031.941.0991)

출판등록번호　제406-2017-000124호
주 소　경기도 파주시 문발로 405, 204호
　　　　서울특별시 마포구 월드컵북로 162-4 1층(편집부)
전 화　031.932.6777(본사) 02.326.4200(편집부)
팩 스　02.336.6738
이메일　aromju@hanmail.net

ISBN　979-11-962237-6-2 03810
가 격　14,000원

이 도서의 국립중앙도서관 출판시도서목록(CIP)은 서지이원정보유통지원시스템 홈페이지(http://seoji.nl.go.kr)와
국가자료공동목록시스템(http://www.nl.go.kr/kolisnet)에서 이용하실 수 있습니다.(CIP제어번호 : CIP2018037741)

나는 나답게 살기 위해 이혼했고, 그러므로 행복하다.

이혼이 어때서?

은파 지음

도서출판 다옹

차 례

1부

너와 나의 시간들

2부

홀로 서기, 새로운 출발

나는 드디어 내가 되었다

나는 행복한 결혼 생활을 영위하고 싶었다. 누구나 그러하듯 남편과 나를 반반 닮은 아이들을 낳고 알콩달콩 재미있게 살 수 있으리라 믿었다. 그러나 이상과 현실의 괴리는 너무 컸다.

결국 나는 결혼 생활에 두 번이나 실패했다. 아이 아빠와 이혼했고, 짧았던 재혼 생활에 종지부를 찍었다. 나름대로 결혼 생활을 유지하려 안간힘을 썼지만 결국 홀로 서야만 했다.

그 누구도 불행한 결혼을 꿈꾸지 않듯이, 가족이 해체되는 것을 원하지 않는다. 어떡하든 결혼 생활을 유지하려고, 이혼하지 않기 위해 몸부림치면서 견디다가 그럼에도 어쩔 수 없이 이혼으로 막을 내리는 경우가 있다.

결혼 생활의 종지부는 부부 어느 한쪽의 탓만은 아니다. 결국 부부 모두의 문제다. 서로 의견 충돌이나 문제가 불거졌을 시, 대화를 통해 서로 이해하기보다는 자기주장이 앞서기도 한다. 그런 과정에서 부부는 서로에게 문제를 떠넘기며 소통하려 하지 않으려고 하는 부분이 있다. 아내는 남편에게 문제가 있다고 믿어 서운함이 컸을 것이고, 남편 또한 아내에게 문제가 있다고 여겼을 것이다. 부부로 살아가다 보면 의견 충돌이나 갈등이 없을 수는 없다. 다만 부부간에 놓인 문제를 어떻게 해결하느냐에 따라 사이좋게 살아가든가 아니면 이혼을 선택한다. 물론 그 어느 것도 선택하지 않고, 문제를 끌어안은 채 서로 냉담하게 사는 부부도 있다.

이혼은 부부 모두에게 아픔이며 자녀에게도 커다란 상처다. 양가 부모님들의 충격과 근심 또한 깊을 것이다. 해체된 가족 모두에게 상처인 이혼. 이혼하는 사람들이라고 해서 그것을 모르지 않을 것이다. 그렇다면 왜 그런 아픔과 상처를 무릅쓰고 이혼하는 것일까? 그것은 다름 아닌 '나답게' 살기 위한 것이 아닐까 하는 생각을 한다. 나는 그랬다. 정말 나답게 살고 싶었다. 평생 한을 품은 채 상대를 원망하면서 불행하게 살아가기 보다는, 진정 평화로운 마음으로 나답게 살고 싶었다. 그래서 이혼했다.

그래서 나답게 살고 있느냐고? 그렇다. 나는 정말 나답게 잘 살고 있다.

나는 결혼 생활 내내 행복하지 않았다. 아니, 전혀 행복하지 않은 것은 아니었다. 분명 그 남자를 사랑해서 결혼했을 것이고, 한때는 나도 행복이란 것에 휩싸여 이혼이라는 단어조차 생각하지 않고 살았던 때가 있었다. 그럼에도 내 기억 속의 결혼 생활은 행복하지 않았다. 아니, 불행했다고 기억한다. 불행했던 세월을 지나 아이를 낳은 후, 세상의 모든 것이 아름다워 보일 정도로 한때는 행복했지만 아주 잠깐이었다.

자꾸만 헝클어지고 망가져가는 결혼 생활을 하면서 자괴감에 빠진 나는 많이 우울했다. 뼈 마디마디가 아플 정도로 극심한 스트레스를 받으면서도 어떡하든 결혼 생활을 유지하려 애썼다. 그러나 애써서 될 것이 있고 안 될 것도 분명히 있다는 것을 깨달았다. 서로를 원망하고 미워하는 결혼 생활은 결국 유지할 필요가 없다는 것만 절감했을 뿐이다.

이혼하고 아이와 단 둘이 살면서 나는 정말 행복해지기 시작했다. 불행하다고 느끼지 않는 것만 해도 내겐 행복이었다. 지금은 이 상태가 너무나 좋다. 내 인생의 행복은 딸과 둘이 살면서부터 시작되었다고 해도 과언이 아니다. 그것은 비로소 내가 '나다움'을 찾으면서 삶의 이면을 들여다보기 시작했기 때문이다. '나는 나'일 때 가장 행복하다.

물론 이렇게 되기까지는 남들이 상상하기 어려운 시절을 보내야만 했다. 하지만 결국 홀로 서기에 성공했고, 이제는 그 누가 무어라 해도 이혼을 결정한 나 자신에게 당당하다. 이혼한 후에 알게 되었다. 세상의 중심에는 내가 있다는 것을. 그렇기에 기죽지 않고 열심히 살고 있다.

  혹시 누군가 이혼 후 고통스러운 시간을 보내고 있다면 부드럽게 위로해 주고 싶다.

  "이혼은 절대 당신 잘못이 아니에요. 누구에게나 있을 수 있는 일이 당신에게 찾아왔을 뿐이에요. 그러니 흔들리지 말고 기운 내요. 때론 혼자라서 인생이 더 행복할 수도 있답니다."

  우리는 자신의 삶에 보다 당당해져야 한다. 행복에도 훈련이 필요하다. 누군가 나를 행복하게 해 주길 기다리는 것이 아니라 스스로 행복을 느껴야 한다. 행복은 스스로 행복하다고 여기는 사람에게 찾아온다. 행복은 내가 나에게 주는 선물이다. 기꺼이 그 선물을 받는 것 역시 내 몫이다.

  나는 나답게 살기 위해 이혼했고, 그러므로 행복하다.

  관아재에서 은파

이혼이 어때서?

1부

너와 나의 시간들

그날,
강변의 기억

사랑해서 미안한 것은

시인(詩人)의 몫이고

사랑해서 슬픈 것은

사람의 일이라고

사랑하다 죽어버린

물방울들이

서로 몸을 엮은 채

마구 휩쓸려 다녔다

-봄비-

불현듯 등줄기가 서늘했다. 돌아보니 날카로운 금테 안경이 햇빛에 반사되었다. 햇살에 눈이 부셔 한껏 찡그린 나를 바라보고 서 있는 남자. 흰 피부에 깔끔해 보이는 그에게서는 레몬 향이 날 것만 같았다. 무어랄까, 시큼하면서도 상큼한 맛. 레몬 맛이 날 것만 같은 그는 무척 차가워 보였다. 전 남편의 첫인상이었다.

아뿔싸! 나는 레몬은 생각만 해도 눈살이 찌푸려지고 미간을 좁히는, 레몬을 아주 싫어하는 타입이었다. 그런 내가 레몬 같은 남자를 만났으니, 잘 사는 것이 오히려 이상할 터였다.

나는 연애에 몹시 미숙하고 서툴렀다. 남자 친구를 만나지 않은 것은 아니지만, 3개월을 넘기기가 어려웠다. 친숙해질 만하면 이상하게 상대가 너무도 싫어져서 견딜 수 없는 이상한 병(?)을 앓고 있었던 것이다. 그 시기만 넘기면 괜찮으련만, 나는 언제나 그 시기를 견디지 못하고 허둥지둥 헤어졌다.

연애다운 연애를 제대로 해 본 적 없는 내가 차가운 이미지의 그 남자와 만남을 시작했을 때였다. 어버이날을 맞아 그는 공중전화에서 자신의 아버지와 통화를 했다. 휴대폰도, 삐삐도 상상하지 못 했던 그 시대엔 공중전화가 여기저기 흔하게 놓여 있었다.

그는 어버이날이었음에도 직장에 출근해야 하므로 아버지에게 가지 못해 미안하다는 말을 전하고 있는 듯했다. 통화를 끝낸 그의 눈에 눈물이 그렁그렁 매달려 있었다. 어버이날임에도 집에 가지 못하는 것은 나도 마찬가지였다. 나는 아무 생각도 없는데, 남자인 그가 울다니, 이건 뭐지? 어째 약간은 뻘쭘한 상황이었다.

그날 그는, 어머니는 자신이 대학생이던 시절에 돌아가시고 아버지는 지방에서 홀로 생활하고 계시다는 말을 하면서 눈물을 삼켰다. 세상에, 이렇게 착한 남자가 있다니. 어버이날인데 홀로 계신 아버지를 찾아가지 못해 가슴 아파 눈물을 흘리다니…….

순간, 차가워 보이던 그의 이미지가 따뜻하게 느껴졌고, 엄마 없이 외로웠을 그의 청춘이 애처롭게 다가왔다. 말하자면 모성애가 모락모락 피어났던 것이다. 그것이 그에게 마음을 주게 된 동기였다. 하지만 연애는 모성애로 시작하면 안 되는 것을 깨닫기까지 그리 오랜 시간이 걸리지 않았다.

그날부터 나는 그 남자가 무척 좋았다. 그리고 본격적인 연애를 시작했다. 하지만 3개월이 지나자 여지없이 상대가 싫어지는 그 병이 도지고 말았다. 그토록 좋았던 그 남자가 갑자기 싫어지기 시작한 것이었다. 어찌하면 그와 헤어질까를 궁리하던 그때였다. 문제는 항상 예상하지 못한 이상한 곳에서 터지기 마련이다. 그가 나 외에 다른 여자를 만나고 있다는 것을 알게 된 것이었다. 그가 나 외에 다른 여자와 데이트를 즐기는 것을 알게 된 순간, 배신감과 함께 그와 헤어질 구실을 찾게 되었다는 안도감이 생겼다.

가을이 시작될 무렵이었을 것이다. 그와 한강변을 거닐었다. 저녁 강 물결은 잔잔했고 간간히 운동하는 사람들이 보였다. 다정하게 끌어안고 대화를 나누는 커플들을 지나치면서 나는 용기를 내어 말했다.

"양다리 걸치는 거 알고 있어. 우리 헤어져."

그는 아마 잠시 말을 하지 않았을 것이다. 걸음을 멈춘 그가 나와 헤어질 수 없다고 했다. 참말이지, 뭐 이런 웃기는 남자가 있어?

"양다리 걸치는 남자, 질색이야. 다신 안 만날 거야."

싸늘해진 나와 그와의 말다툼이 시작되었다. 구름 사이로 빼꼼 내민 달이 말다툼하는 우리를 내려다보며 빙긋이 웃고 있었는지도 모를 일이다.

어느 순간, 눈앞에 불이 번쩍 스쳐갔다. '이게 뭐지?'라고 느낄 새도 없이 볼의 얼얼한 촉감이 먼저 느껴졌다. 그가 내 따귀를 때린 것이었다. 평생 처음 남자에게 맞는 순간이었다. 경악을 넘어 두렵기도 하고, 왜 맞아야 하는지 이유도 모르겠는, 형언하기 어려운 순간이었다. 나는 그에게 대들었고, 다시 한 번 볼에서 불이 번쩍였다.

결코 이해할 수 없었던 그의 행동에 매몰차게 돌아섰지만 충격이 어찌나 컸는지 집에 어떻게 왔는지조차 기억에 없다. 그날 이후로 나는 멍 자국이 없어질 때까지 화장을 짙게 해야만 했다.

그때 매몰차게 그를 끊었어야만 했다. 다시는 만나지 않았어야 했다. 그런데 그러지 못했다. 그는 양다리 걸치던 그녀와 헤어지고, 나를 너무도 사랑하므로 헤어질 수 없다며 끊임없이 찾아왔다. 처음엔 매몰차게 그를 대했지만 결국 나는, 나를 너무 사랑한다는 그의 말을 바보같이 믿고 말았다. 심지어는 그가 따귀를 때린 것도 나와 헤어지기 싫었기 때문이라고 착각하기에 이르렀다. 진정으로 나를 사랑한다는 그의 말을 믿은 나는, 두 번 다시 내게 손을 대지 않겠다는 약속을 받고 그를 다시 만났다.

오, 신이시여. 폭력을 사랑으로 연관 짓다니. 미치지 않고서야 어찌 그럴 수가. 나는 정말 미쳤던 것이다.

결혼,
선택의 기로

하나는 서러워

두 가슴 꽃잎이 되었다

지고의 역경도 침묵을 지키고

타오르는 빛으로 말하는 사랑

하나는 외로워 둘이 되었다

-둘-

　데이트 폭력 후, 사랑한다는 말과 다시는 폭력을 쓰지 않겠다는 약속을 믿고 그와 화해했다. 지금 생각해 보면 내가 얼마나 바보 같았는지, 그때 알았어야 했다. 내가 보다 현명한 여자였더라면, 그를 용서하기 이전에 나를 먼저 생각하는 사람이었더라면, 냉정하게 현실을 파악하는 능력을 갖췄었더라면……. 결혼 이후, 후회를 하고 또 했다. 내가 정말 현실 파악에 능하고 현명한 여자였다면, 그때 어떠한 일이 있더라도 그를 다시 만나서는 안 되는 것이었다.

　그는 서둘다시피 가족들에게 나를 인사시켰다. 홀시아버지에 다섯 손가락으로는 다 셀 수 없이 많은 누나들. 막내에 외아들인 것은 알았지만, 누나들이 그렇게 많을 줄이야.

　잔뜩 긴장하고 있는 나를 위아래로 훑어보며 시아버지가 혀를 끌끌 찼다.

　"어이구, 저리 작은 몸으로는 농사는커녕 물 한 바께쓰(양동이)도 못 들겠네."

　시아버지 말씀이 맞긴 맞다. 키도 그리 크지 않고 덩치도 없는 나는, 힘쓰는 일에는 아주 형편없어서 물 한 동이 드는 것도 무리였다.

　나중에 알고 보니 시아버지는 아들 내외와 함께 살며 도지 준 농토를 되찾아 농사일을 맡기고 싶었기에, 몸집이 크고 퉁퉁한 유치원 교사를 아들에게 소개시켰다는 것이다. 그런데 아들이 그 여자는 싫다면서 조그맣고 마른 나를 며느릿감으로 인사시킨 것이었다. 더군다나 아들이 결혼하고 나서는 시댁이 아닌 서울에서 살겠다고 하니, 나를 기분 좋게 받아들일 수가 없었던 것이다.

　그를 탐탁지 않게 여겼던 것은 우리 집에서도 마찬가지였다. 홀시아버지에 누나가 수두룩하게 많은 집안의 외아들과 결혼하겠다고 하자 엄마가 펄쩍 뛰었다.

"아이구, 이것아. 인상이 차가운 것도 마음에 걸리는데, 화약을 안고 불길로 뛰어들겠다니, 아이구 어쩌자고……."

"외아들이 뭐 어때서? 괜찮아, 엄마."

"너, 결혼 생활이 그렇게 만만한 게 아니다. 잘 생각해야 해. 홀시아버지에 누나들이 그렇게 많으면 시집살이 엄청 고될 거야."

언니들도 슬그머니 거들었지만 나는 잘할 수 있다고 큰소리쳤다.

"아이고, 이것이 세상 물정을 몰라도 이렇게 모르나. 에휴, 큰일이다! 어쩌면 좋으냐."

엄마의 한숨 소리에 아버지가 한마디 던졌다.

"애들이 서로 좋다고 하잖아."

이미 사랑에 눈이 먼 나는 평생 내 편인 아버지의 말에 힘을 얻었다. 엄마와 언니들이 아무리 용광로 타령을 하며 "아이구, 아이구!" 해 대도, 엄마의 깊은 한숨과 언니들의 지청구가 무엇을 의미하는 지도 모른 채 그저 좋기만 했다.

그런데 참 이상했다. 상견례 당시엔 분명 홀시아버지뿐이었는데 막상 시댁으로 인사를 가니 큰시누이뻘쯤 되는 여인이 나를 반갑게 맞았다. "누구지?" 궁금해 하는 내게 그가 멋쩍게 말했다.

"아버지 돌아가실 때까지 돌봐 주실 분이야."

재산을 받고 시아버지가 돌아가실 때까지 돌봐 주기로 했다는 새 시어머니는 무척이나 젊었다. 나는 잽싸게 친정 엄마에게 전화했다.

"엄마, 시댁에 오니까 젊은 새 시어머니가 계셔."

"뭐?"

엄마의 목소리는 비명에 가까웠다.

"아버님 돌아가실 때까지만 돌봐 주실 분이래. 그 대가로 재산을 주기로 했대."

"아이구, 이 미친것아! 홀시아버지에 그 많은 누나들도 모자라 새 시어머니까지? 아이구!"

"왜? 새 시어머니가 나한테 참 잘해 주셔. 걱정 마."

"아이구, 아이구!"

엄마의 깊은 한숨을 뒤로 한 채 무조건 내 편인 아버지의 든든한 지원을 받아 결국 우리는 만난 지 9개월 만에 결혼식을 하기에 이르렀다. 내겐 가장 긴 연애 기간이었고, 인생을 함께할 남자를 속 깊이 알고 선택하기에는 너무나 짧은 시간이었다. 영원히 안 벗겨질 것 같았던 콩깍지는 그보다 더 일찍 벗겨졌다.

신혼 첫날밤은 남편 친구들과 함께 시댁에서 밤늦게까지 어울리다가 잠이 들었다. 한복을 입은 채 잠이 들었는데 사진에서만 보던 시어머니가 꿈속에 나타났다. 시어머니는 사진에서 본 모습 그대로 옥색 한복을 입고는 대문 쪽에서 집 안을 향해 걸어오고 있었다. 그런데 시어머니는 마당에 서 있는 나를 슬픈 눈빛으로 보시더니, 나를 외면한 채 대문 쪽으로 다시 되돌아 나갔다. 눈을 떠 보니 방안에는 남편과 친구들이 시체처럼 널브러진 채 자고 있었다. 무언가 찜찜한 결혼 첫날밤 꿈이었다. 30년이 지난 지금도 그 꿈은 너무도 생생하다. 꿈에서 봤던 시어머니는 우리의 행복하지 못했던 결혼 생활과 이혼을 미리 알고 있었던 것은 아닐까, 하는 생각이 가끔 들곤 한다.

결혼 첫날의 찜찜한 꿈처럼 결혼 생활은 시련 그 자체였다. 나와 남편만의 세계에서 알콩달콩 환상에 빠져 살 수 없는, 거미줄처럼 얽힌 가혹한 세상에 맨몸을 드러내는 시련이었다. 근 30년 가까이 서로 다른 환경, 다른 생활 방식으로 살아온 사람들이 눈뜨는 아침부터 함께 잠드는 밤까지 온갖 것을 공유한다는 것은 사실 힘든 일이다.

남편은 그야말로 집안의 왕자였다. 쪼르르 여자들만 북적대는 집안에서 막내로 태어난 외아들이다 보니 가족 모두 그를 왕자처럼 떠받들었다. 남편은 자신이 원하는 것은 언제든, 무엇이든 가질 수 있었다. 그 많은 누나들이 주는 용돈도 그의 삶을 풍요롭게 했을 터였다. 가족 모두 남편에게 베풀기만 했을 뿐, 그에게 원하는 것이 없었다. 성인이 되도록 받기만 하고 무엇인가 나누어 줄 대상이 없던 남편은 나눔을 아예 알지 못했다. 그는 자신이 하고 싶은 일을 하고 자신만 위하며 살았던 것이다.

나는 결혼하기 전까지 남편의 삶이 어떠했는지, 집안에서 어떠한 대접을 받았는지 전혀 알지 못했기에 허둥대기 시작했다. 더군다나 연애 기간도 짧았기 때문에 그의 성격도 미처 파악하지 못한 터였다. 남편은 자신의 마음이 편하면 모든 이에게 친절을 베푸는 선량한 사람이었지만, 자신이 원하는 것을 갖지 못하거나, 원하는 뜻이 이루어지지 않으면 견디지 못하였다. 그것은 아내인 나를 대함에 있어서도 마찬가지였다. 그럼에도 불구하고 그는 내 남편이었기에 아내인 나에게 잘 대해 줄 것이라고만 믿었다. 상대에게 아홉 가지를 잘해 주다가 한 가지를 못해 주면 '어찌 그럴 수 있어?'라는 서운함 때문에 나쁜 사람이 되고, 아홉 가지를 못하다가 한 가지를 잘해 주면 그래도 참 좋은 사람 취급을 받는다는 말이 있는데, 맞는 것 같았다. 어쩌다 남편이 나를 챙겨 주면 그야말로 감복을 했던 것이다.

시댁에 가면 가장 힘든 것이 밖에 있는 재래식 화장실과 수도가 없는 옛날식 부엌이었다. 시댁은 터가 넓은 데다 쓰지 않는 닭장과 헛간이 그대로 방치되어 있어 밤이 되면 기괴하니 무서웠다. 겁이 유난히 많은 나는 뚜껑이 덮여 있는 우물만 봐도 섬뜩했고, 방과 뚝 떨어져 있는 재래식 화장실은 남편 없이는 갈 엄두도 내지 못하고 쩔쩔맸다. 더군다나 마당을 활보하는 수탉은 나만 보면 왜 그렇게 달려드는지, 너무 무서워서 수탉을 피해 살금살금 다녀야만 했다. 그러나 결국 나는 수탉에게 쪼였고, 며느리를 쫀 닭을 용서할 수 없었던 시아버지에 의해 수탉은 어느 날 밥상 위에 알몸으로 드러눕는 신세가 되고 말았다.

시댁은 아침을 일찍 먹으니 컴컴한 새벽에 밥을 해야 했는데, 집이 옛날식 구조이다 보니 부엌을 가려면 마당을 가로질러 가야만 했다. 옛날식 구조에 익숙하지도 않은데다 문을 열고 흙으로 만들어진 계단을 두어 개 내려가야 하는 부엌은 무척 컴컴했다. 더군다나 부엌엔 수도가 없어서 마당에 있는 수도와 부엌을 오가야 했는데, 어둠에 갇힌 넓은 마당을 따라 안방에 딸린 어두운 부엌으로 향할 때면 등골이 오싹하기도 했다.

그러나 어쩌랴. 며느리가 되어서 무섭다고 밥을 안 할 수도 없는 노릇이니. 밥을 하기 위해 컴컴한 부엌에 전깃불을 켜고 두리번거리는데, 갑자기 전깃불이 확 꺼졌다. 부엌은 암흑 그 자체였다. 아이쿠, 이게 뭔 일이야. 깜짝 놀랄 새도 없이 눈앞에 시커먼 그림자가 서 있는 것이 보였다. 온몸에 소름이 쫙 끼쳤다. 비명을 지르려는 찰나 시아버지의 목소리가 들려왔다.

"조금 있으면 해가 뜨는데 불은 왜 켜."

부엌 불을 끄고 사라지는 시아버지의 뒷모습이 왜 그렇게 무섭던지, 다리가 다 후들거렸다. 깜깜한 부엌보다 시아버지의 모습이 더 공포였다. 나는 남편이 자고 있는 방으로 후다닥 뛰어 들어가 남편을 깨웠다.

"밥을 해야 하는데 부엌이 너무 어두워서 무서워요."

"불을 켜고 하면 되지."

남편이 웅얼거리며 돌아누웠다. 나는 남편을 흔들었다.

"불 켰다가 아버님한테 혼났어. 환해질 때까지 내 옆에 있든지, 불을 켤 수 있게끔 아버님한테 얘기를 해 주든지 어떡하든 해 봐요. 무서워 죽겠어."

남편은 비몽사몽 일어나더니 부엌 불을 켜 주고는 아버님한테 한마디 던졌다.

"너무 어두워서 내가 불 켰어요."

아버님은 "쯥, 쯥!" 소리를 몇 번 내더니 대문 밖으로 나가셨다.

결혼해서 처음 시댁에서 시어머니 제사를 지낸 날이었다. 나는 친정에서 배운 대로 제사 지내고 남은 떡과 음식을 세 들어 사는 집에도 당연히 나누어 주었다. 그런데 음식을 나누어 준 것을 안 시아버지가 노발대발 얼마나 혼을 내던지. 나는 '가져다 준 음식을 다시 돌려받아야 하나?'라는 생각까지 하며 쩔쩔맸다. 시아버지는 음식이 썩어서 버릴지언정 절대로 남에게는 나누어 주지 않을 정도로 인색했다. 수돗물도 수도세가 나가지 않게 하려고 커다란 고무 대야에다 졸졸 흐르게 받아 놓고 바가지로 퍼서 썼다.

내가 어렸을 때, 동네 거지가 밥을 얻으러 오면 엄마는 밥과 반찬을 깨끗하게 한 상 차려서 먹고 가게 했기에 동네 거지들이 우리 집을 자주 찾아왔다. 그런 모습을 보고 자란 나는 나눔도 없고 무조건 아껴야만 하는 시댁 생활에 적응을 못해 허둥대기 바빴다.

시아버지는 마을에서 수전노 소리를 들을 정도로 베풀 줄을 몰랐고, 길가에 떨어진 못이라도 주워 오는 분이셨다. 집 뒤란에는 아버님이 주워 온 고철들이 어지럽게 쌓여 있었다. 그런 집안에서 자라다 보니, 남편은 남에게 무언가를 나누어 주지 않는 것이 당연시되어 있었다. 내 것을 나누어 주면 손해 본다는 인식이 강했던 것이다. 그렇다고 남편이 시아버지처럼 알뜰하거나 인색한 것

은 아니었다. 그는 모든 것을 자기 자신에게만 집중적으로 풍족하게 사용했다. 같이 사는 아내에게조차 얄짤없는, 자신만의 풍족함이었다.

그런 반면 나는 무엇이든 나누어 갖고 이웃에게 베풀며 사는 가풍에서 자라다 보니 그와 맞지 않는 부분이 많았다. 물론 나와 살면서 나중에는 남편 역시 나눔에 익숙해지기는 했지만, 그러기까지 정말 너무도 힘들었다.

생활비?
그게 뭣이여?

산다는 것은

때론 깊은 우물에 빠진 것과 같다

늪보다 깊고 두려운 것

느닷없이 날아온 편지처럼 기쁘고

느닷없이 사라진 웃음처럼

슬프고도 깊은 우물

-나는 우물이다-

꽃샘추위가 매서울 때 결혼했다. 얇아진 옷 사이로 파고드는 찬 바람에 뼈마디마다 구멍이 숭숭 뚫리는 것처럼 날마다 추웠다. 꽃샘추위가 사그라지기도 전에 신혼의 단꿈은 그야말로 너무 짧게 끝났다.

남편은 보다 나은 직장을 갖기 위해 영어를 좀 더 공부하고자 했다. 물론 학원비는 우리가 내고 생활비는 시댁에서 대는 것으로 허락받은 일이었다. 남편 학원비는 내가 받은 결혼 패물을 판 돈이었다.

"올케가 지금 직장을 잡으면 동생은 쉽게 직장을 갖지 않을 거야. 그러니 공부가 빨리 끝날 수 있도록 직장 갖지 말고 버텨."

시누이들은 우리 부부 모두 직장이 없는 상황을 걱정하면서도 내게 직장 다니지 말 것을 권했다. 동생의 성향을 알기 때문이었을 것이다. 나는 시누이들의 말을 정말 착실하게 잘도 따랐다. 집에서 리본을 만들고 머리핀을 만드는 부업을 하면서 직장 다닐 생각은 아예 하지 않았다.

시아버지는 약간의 생활비를 대어 주었는데, 그것도 매달 시댁에 정기적으로 생활비를 받으러 가야만 했다. 나와 남편이 시댁에 가면 시아버지는 맛있는 것이나 좋은 것이 있으면 혹여 우리가 먹을까 봐 다락에다 감춰 놓곤 하였다.

"아버지가 이거 다락에다 감춰 뒀는데 내가 찾았어."

남편은 시아버지가 아끼는 달달한 것들을 잘도 찾아냈다.

"그거 아버님이 드시는 건데 가져오면 어떡해. 얼른 갖다 놔요."

"괜찮아. 우리 아버지 원래 내가 먹을까 봐 잘 감춰."

철없는 아들은 아버지가 감추어 놓은 것을 찾으며 낄낄거렸고,

아버지는 자신의 것이 없어진 것을 알고는 "쯥!" 하며 입맛만 다시곤 했다. 우리에게 쌀을 줄 때도 정확하게 무게를 달아 딱 한 말만 주었다. 친정에서는 상상도 할 수 없었던 부자의 모습이 얼마나 웃기던지, 혹시 데려다 키운 아들이 아닐까 하는 의심이 들 정도였다.

자신이 아끼는 것은 절대로 아들에게도 주지 않는 시아버지는 결혼까지 시킨 아들이 생활비를 타 가는 것에 가슴앓이가 심했다. 우리가 생활비를 몇 달 동안 계속 타 가자 아버님은 자신의 아들이 아닌 나를 불러 앉혀 놓고 버럭 화를 냈다.

"대체 직장은 언제 잡을 거냐?"

"아직 공부해야 할 게 남았대요."

내 목소리는 쥐구멍으로 기어 들어갔다.

"돈을 벌어야지, 공부는 무슨 놈의 공부야. 에잇!"

시아버지는 무릎 꿇고 앉은 나를 향해 돈을 휙 뿌리고는 짜증내는 소리와 함께 안방 문을 쾅 닫으며 밖으로 나갔다. 방바닥에 뿌려진 돈을 집어 드는데 눈물이 왈칵 쏟아졌다. 남편 공부 시키려고 결혼 예물도 아낌없이 모두 팔았는데, 대체 내가 왜 이런 수모를 받아야 하지? 당장 친정으로 달려가고 싶었다. 남편을 보는데 괜스레 너무 서러웠다.

"아버님이 직장 언제 잡을 거냐고 물으셨어. 화가 많이 나셨는지 돈을 바닥에다 확 뿌리는데, 너무 놀랐어."

그러나 남편은 눈물이 그렁그렁한 나를 흘낏 쳐다보고 말 뿐이었다. 위로라도 해 줄줄 알았는데, 쌩하니 가버리는 남편을 보자 야속한 마음이 절로 들었다.

결혼 예물을 팔아 남편 학원비를 대고, 친정과 시댁에서 돈을 받거나 부업으로 생활비를 벌어 쓰는 동안 나는 남편 대신 죄인의 심정으로 지내야만 했다. 지금 와서 생각해 보면 시누이들이 주는 용돈을 모았다가 우리 생활비로 주는 것이었을 테니 시아버지 입장에서는 당연히 화가 났을 것이라고 이해가 되지만, 당시에는 너무도 서러웠다.

마침내 남편이 직장을 구해 출근을 하게 되었다. 이제는 방바닥에 뿌려지는 돈을 줍지 않아도 되는 것이었다. 드디어 시댁 눈치 안 보며 살아도 되니, 가슴의 울화가 꽃망울이라도 된 듯 숨을 제대로 쉴 수 있을 것 같았다. 나는 정성껏 새벽밥을 따끈하게 지어 남편의 아침상을 차렸고, 남편은 어깨에 힘을 주며 직장으로 출근했다. 그런데 이게 무슨 조환지, 남편은 툭하면 회식이라며 나이트클럽에 가서 재밌게 놀다 오거나 날마다 술에 절어서 들어왔다.

바깥세상에서 너무나 재미있게 사는 남편은 연락도 없이 새벽에 들어와도 자신을 토닥여 주며 활짝 웃어 주길 바랐다. 아니, 당연히 그리해야 한다고 여겼다. 새벽까지 기다리다 지친 내가 삐치기라도 하면 화를 벌컥 내면서 몇 날 며칠이고 말을 하지 않았다. 속 터져 죽으라는 것이나 마찬가지였다. 그러니 미안한 짓은 남편이 했지만 화해를 청하는 쪽은 늘 나였다. 하지만 어쩌랴, 그런 남자와 결혼을 한 내 탓인 걸.

월급날이 되었다. 그러나 남편은 월급 내놓을 생각을 하지 않았다.

"한 달이 지났는데 월급은?"

"응, 회사 사정이 어렵대. 조금 기다려 봐."

월급은 타 오지 않았지만 날마다 출근해야 하는 남편의 옷가지는 무지개 색으로 늘어갔다. 몇 벌밖에 없는 내 옷은 모가지가 죽죽 늘어나고, 바지는 무르팍이 동네 뒷동산처럼 볼록 튀어나왔다. 그러나 괜찮았다. 남편이 월급만 가져오면 모가지가 죽죽 늘어난 옷을 버리고 나도 무지개 색으로 이것저것 외출복을 장만하리라 꿈꾸며 꾹꾹 참았다.

그러나 어이하리! 나는 모가지가 늘어나고 무르팍이 뒷동산처럼 튀어나온 옷을 끝내 버리지 못했다. 몇 달이 지나도록 남편이 월급을 가져오지 않는 것이었다. 남편은 월급 때만 되면 이런저런

핑계를 댔다. 꼭 써야 할 돈이 필요하다고 하면 그때서야 딱 쓸 돈
만 쥐어 주었다. 그렇게 지내다 보니 뭔가 이상했다. 아무리 생각
해도 이렇게 사는 것은 아닌 것 같았다. 어느 날, 마음을 굳게 먹고
남편에게 말했다.

"생활비는 언제 줄 거야?"

"무슨 생활비?"

"우리 둘이 살아가는 생활비. 돈을 줘야 생활을 하지."

남편은 아주 이상하다는 듯한 표정으로 나를 쳐다보며 말했다.

"나는 매일 출근했다가 밤에 오고, 집에는 너 혼자 있는데 생활
비가 왜 필요해?"

남편은 집 안에서 여자가 돈이 왜 필요하냐며, 오히려 당당하게
내게 되물었다.

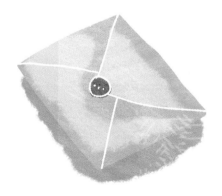

이게 무슨 개뼈다귀 뜯는 소리야?

"공과금도 내고, 시장도 봐야 하고, 경조사에, 이것저것 써야 할 것이 얼마나 많은지 알아? 내 늘어진 옷 좀 봐. 당장 추리닝이라도 사야 될 것 같지 않아?"

"공과금하고 반찬값만 있으면 되는 거 아냐? 우리 엄마는 돌아가실 때까지 아버지가 시장에서 사다 주는 것만으로 생활하면서도 불평이 없었어. 그리고 네가 쓰는 건 네가 알아서 해야지, 왜 나한테 달래?"

대체 이건 뭔 소리래? 자다가 귀신이 봉창을 두드려도 분수가 있지. 머리가 띵하면서 대체 이게 무슨 소리인지 도무지 이해가 되지 않았다. 그러니까 남편의 말을 빌리자면, "내 엄마는 아버지에게 돈을 타 본 적이 없으니 너도 그렇게 살아야 한다." 그런 뜻이었다. 부모님이 그렇게 생활하는 것을 봐 왔으니 아내인 내게 돈을 주지 않는 것이 당연했고, 생활비를 달라는 내가 너무나 이상했던 것이다.

아이구야, 눈이 삐어도 단단히 삐었지. 나는 대체 이 남자의 어디가 그렇게 좋았던 걸까?

이런 상황에서 우리가 사는 단칸방을 시찰 온 큰시누이가 가계부 검사를 한다며 가계부를 내놓으라고 했다. 가계부? 가계부 적을 만큼 돈이라도 갖다 줬으면 좋겠다고 소리치고 싶었지만 나는 기어들어가는 목소리로 대답했을 뿐이었다.

"가계부 안 써요."

당신 동생이 생활비를 주지 않는다고, 날마다 저 혼자 잘 먹고 잘 산다고 일러바치고 싶은 생각이 목까지 치고 나오는데 큰시누이가 기어이 한마디 했다.

"밤에 너무 붙어있지 마라. 내 동생 비쩍 마른다."

이건 또 뭔 귀신 씻나락 까먹는 소리? 하늘을 봐야 별을 따든지 말든지 하지. 당신 동생은 날마다 술 마시고 놀다가 새벽에 들어와서 그대로 뻗는다고 말을 했어야 했는데, 나는 또 그러지 못했다.

아이구, 내가 미쳤지, 미쳤어. 도대체 나는, 대체 왜 이 따위 결혼을 한 거지?

내가 나를 주먹질해도 시원찮을 날들이었다.

친구 따라
삼만 리

기침마저 허기지는

새벽 어스름

갇혀 버린 벽 안에서

시간의 비명을 듣는다

고된 상심

−불면−

　신혼 시절, 시댁에 들렀다가 남편 친구들 모임이 있는 지방으로
함께 가게 되었다. 다음 날은 시누이들이 시댁에 오기로 되어 있
기 때문에 일찍 돌아가야만 했다. 그러나 놀기 바쁜 남편은 본가
에 가는 걸 잊은 채 계속 친구들과 어울렸다. 시아버지가 화난 얼
굴로 기다릴 생각을 하니 등골이 오싹해지면서 안달이 났다.

　"아버님이 기다리시잖아, 얼른 집에 가요."

밤이 깊어지자 나는 시댁으로 가야 한다고 남편을 졸랐다.

"아이, 귀찮아. 가려면 너 혼자 가!"

친구들과 더 놀고 싶었던 남편이 버럭 화를 내며 쌩하니 그 자리를 떠났다.

'설마, 나를 두고 정말 가진 않겠지. 다시 되돌아 올 거야.' 나는 남편을 믿었다. 남편 친구들이 따라오라며 손짓했지만 나는 그 자리에 오뚝 선 채 남편 뒷모습만 바라보았다. 지금쯤 나를 데리러 오겠지 믿었지만, 남편은 뒤도 돌아보지 않았다. 남편과 친구들이 골목을 돌아 사라지자 심장이 뛰기 시작했다. 설마! 그러나 진즉 알았어야 했다. 설마가 사람 잡는다는 것을. '설마'가 '역시나'가 된다는 사실을! 나는 '설마의 전설'을 너무 늦게 깨달았다.

나는 몇 번이나 갔던 길도 되돌아 나오지 못할 정도로 심한 길치다. 심지어 매번 다니던 곳에서조차 길을 잃고 허둥댈 때도 있다. 그런 내가 처음 가 본 지방에서, 더군다나 어두컴컴하고 으슥한 골목에 남편에 의해 홀로 버려진 것이었다. 휴대폰은커녕 대로변에만 공중전화가 있던 시절이니, 어디론가 사라진 남편이 나를 찾아오기 전에는 꼼짝도 할 수 없는 상황이었다. 얼마나 무섭고 경악스럽던지. 나는 낯설고 어두운 골목에 버려진 채 오랜 시간 극도의 공포에 떨어야 했다. 그래서인지 나는 아직도 누군가와 함께 간 자리에서 나를 두고 가면 몹시 두렵고 화가 나 어쩔 줄 몰라 하곤 한다. 나를 암흑 속에 버려두고 실컷 놀고 온 그는 미안하다는 말 한마디 없었다. 그날 시댁으로 어떻게 갔는지는 기억에 없다. 낯설고 어두운 곳에 버려진 채 공포에 떨었던 사실이 너무 충격이었기 때문일 것이다.

그때도 알았어야 했다. 평생을 함께 할 사람으로 그런 남자를 택한 것이 최대의 실수였다는 것을 나는 깨달았어야만 했다. 오랜 세월 수많은 경험을 쌓은 친정 엄마가 화약을 안고 불길로 뛰어든다며 깊은 한숨을 내쉬는 모습에서 한숨 속에 숨겨진 의미를 결혼 전에 알아차리고 깨달았어야 했다. 그러나 나는 한숨의 의미는커녕 엄마의 말조차 무시하지 않았던가. 엄마에게 너무나 미안했다. 미련한 나를 탓해야지, 누구를 원망하랴.

결혼하고 몇 달 지나지 않았을 때, 남편 친구가 놀러 왔다. 단칸방에서 생활할 때인데 그는 집에 갈 생각조차 하지 않았다. 무언가 사연이 있어 온 듯했지만 나는 알지 못했다. 하루 이틀 머물다 가겠지 했는데, 웬걸 일주일 이상 남편과 친구, 나 셋이 단칸방에서 생활해야 했다. 물론 결혼 전에도 만났던 남편 친구이기에 어색함은 없었으나, 단칸방에서 신혼부부가 남편 친구와 함께 일주일 이상 함께 산다는 것은 참으로 어이없는 일이기도 하다. 허나

나는 별다른 불편함을 느끼지 못했다. 남편 친구니까 그러려니, 여겼던 것이다. 지금 생각해 보면 나는 무척 단순 무지하거나 아니면 아무런 생각이 없었던 건 아닌지 의아할 정도다. 신혼 단칸방에서 친구가 오래 머물자, 보다 못한 주인집 아주머니가 자신의 아들과 함께 친구를 재웠다. 친구는 그렇게 거의 보름 이상을 살다 떠났다.

세월이 흘러 방 두 칸짜리로 옮겼다. 그러자 이번엔 이혼한 남편 친구가 저녁마다 놀러 왔다. 처음엔 같이 식사도 하고 술 한잔하면서 재밌게 놀다가 어쩌다 한 번씩 자고 가기도 했다. 나는 남편 친구들과 친하게 잘 지내는 편이었다. 이번에도 아무렇지 않게 잘 지냈다. 남편 친구는 한 달에 두어 번씩 자고 가더니 나중에는 며칠이 멀다하고 찾아와서 술 마시며 놀다가 자고 갔다. 남편 친구니 대놓고 싫다고 할 수는 없었으나, 이런 생활이 6개월 이상 계속되자 짜증이 나기 시작했다. 더 싫은 것은 친구와 함께 당구장에서 살다시피 하던 남편이, 어느 날부터인가는 그 친구와 함께 매주 금요일 저녁이면 낚시를 떠났다가 월요일 새벽에야 집에 오는 것이었다.

단언컨대 남편은 낚시광이 아니었다. 남편 친구도 낚시광이 아니었다. 남편은 어쩌다 고향 친구들끼리 가뭄에 콩 나듯 낚시를 가곤 했었다. 그때는 나도 함께였다. 그러나 이번엔 달랐다. 금요일만 되면 남편은 어김없이 낚시 가방을 챙기며 콧노래를 불렀다.

"이번 주도 낚시 가는 거야?"

"그럼. 가야지."

"누구랑?"

"○○이랑. 지금 기다리고 있어."

○○이란 우리 집에서 거의 살다시피 하는 남편 친구였다. 화가 치밀었지만, 뭐라고 말릴 수가 없었다. 말린다고 해서 안 갈 사람도 아니었으니까.

"어떻게 한 주도 안 빠지고 매주 금요일만 되면 낚시를 가서, 일요일도 아니고 월요일 아침에 올 수가 있어? 주말만 되면 낚시를 떠난 게 벌써 두 달째야."

"그럼 어떡하냐? 약속했는데."

"집에 있으면 심심한데 나도 같이 가면 안 돼?"

"당일치기도 아닌데, 피곤할 거야. 그냥 집에 있어. 다녀올게."

남편은 자동차 트렁크에 낚시 가방을 싣고는 뒤도 안 돌아보고 바람처럼 떠났다. 생과부가 따로 없었다. 매 주말마다 혼자서 심심하고 외롭게 보내야 하는 내 처지가 참 한심했다.

그런데, 참 이상도 하지. 남편은 매주 금요일부터 월요일 새벽까지 낚시를 했는데도 집에 물고기는 가져오지 않았다. 아니, 어쩌다 붕어 몇 마리를 가져오기는 했었다. 가져와도 처치 곤란이긴 했지만. 친구에게 낚시 재밌었냐고 물으면 친구는 대충 말을 얼버무리기 바빴다. 정말 낚시를 가긴 갔었을까? 따라 다니지 않았으니 물고기를 낚았는지, 인어를 낚으러 다녔는지 나는 모를 일이다.

시댁 모임이 있는 날이었다. 큰시누이 남편은 자타가 공인하는 낚시광이었다. 낚시 이야기가 나오기에 남편이 두 달 동안 매주 금요일마다 낚시를 갔다가 월요일 아침에야 온다고 일렀다. 시댁 식구 모두 눈을 동그랗게 뜨고 남편을 쳐다보았다.

"처남, 나도 낚시를 자주 다니지만 그건 아닌 것 같네. 그러면 안 돼."

남편이 나를 째려보았지만 모른 척했다. 쌤통이다. 남편의 째림을 본 시누이들과 매형들이 한마디씩 거들었다.

"낚시를 어쩌다 가는 것도 아니고, 매주 간다는 게 말이 되니?"

"올케가 착하니까 그걸 봐 주지. 너 사나운 여자 만났어 봐. 어쩌다 한 번 낚시 가는 것도 욕먹을 판에, 매주 3일을 낚시한다는 게 말이 돼?"

"처남, 그러면 안 돼."

세상에나, 이렇게 고마운 시댁 식구들이라니. 넙죽 엎드려 큰절이라도 올리고 싶은 심정이었다.

그 뒤로 남편은 어쩌다 한 번씩 낚시를 간다고 하더니, 어느 날부터인가 낚시를 완전히 끊었다. 참으로 신기한 일이었다. 낚시 사건과 이러저러한 일로 나와 남편의 싸움이 잦아지자 남편 친구도 내 눈치가 보였는지 자주 오지 않았다. 어쨌거나 일 타 이 피였지만, 속이 시원하지만은 않은 이상한 형태의 나날이었다.

세상 여자는
모두 예뻐

사랑을 구걸하지 않기 위해

오늘도 쓰디 쓴 독초를 마신다

불꽃놀이처럼 덩굴이 자라난

폐허의 담벼락에서

다시 누군가를 만나 사랑할 수 있을까

젖은 달빛으로 밤을 새는

남루한 유령의 키스

-유령의 키스-

친구 좋아하는 남편은 그에 못지않게 여자도 참으로 좋아했다.

결혼 전 재미 삼아 사주를 보았다. 육교 위에서 그림책을 펼쳐 놓고 사주를 봐 주기에 호기심이 생겨 본 것이었다. 당사주(唐四柱)라는 것으로, 그림으로 점괘를 보아 사주를 풀어 주었다. 그림 속에는 남자 주변에 여자가 빙 둘러 있었는데, 이것이 남편 사주라 하였다.

처음엔 믿지 않았다. 찜찜하긴 했지만 결혼 전이고, 재미로 본 사주라 별로 심각하게 생각하지도 않았다. 그러나 막상 결혼 생활을 하고 보니, 사주팔자인지는 모르겠지만 남편 주변에는 정말이지 항상 여자가 꼬였다. 남편은 사랑이 많아도 너무 많은 남자였고, 사랑을 나눔에 있어서는 아주 공평했다. 나는 남편의 사랑만 받고 싶은 아내였지만, 남편은 많은 여자들에게 공평하게 골고루 사랑을 나누어 주는 마르지 않는 샘물 같은 남자였다. 누나들 틈에서 자라서인지 남편은 남자들보다 여자들과 금세 친해지는 편이었다. 그러다 보니 여자를 사귀다 내게 들키는 것도 다반사였다. 당사주가 전해 준 진실(?)을 깨닫는 순간, "아뿔싸!"라고 소리쳤지만 때는 이미 늦었다. 남편 친구들이 집으로 찾아와 며칠 혹은 몇 달씩 진을 쳐도 견딜 수 있었지만, 남편이 여자들과 함께 지내는 시간은 견디기가 어려웠다. 그러한 날들이 계속되자 우울증이 심해졌다. 여자 문제로 싸우는 것도 지겨울 즈음, 남편에게 물었다.

"도대체 왜 그렇게 여자들을 만나고 다녀? 내가 싫은 거야? 싫은데 억지로 사는 거면 헤어지자. 나도 아주 지긋지긋하다."

남편이 눈을 동그랗게 뜨고 말했다.

"나는 너 무쟈게 좋아해."

"어머, 나를 좋아하는데 왜 딴 여자들을 그렇게 만나고 다녀?"

"나는 스트레스가 쌓이면 여자들이랑 노닥거려야 돼. 그래야 스트레스가 풀려. 그리고 너 몰래 만나는 거 재밌잖아."

나는 남편의 말을 잘못 들었나 싶었다.

"그걸 지금 말이라고 하는 거야? 내가 얼마나 스트레스 받는지는 생각도 안 해?"

"신경 쓰지 마! 그러면 되잖아. 그냥 모르는 척하면 되는데, 신경 쓰니까 스트레스가 쌓이지."

"내가 인형이야? 남편이 나 말고 딴 여자를 수시로 만나고 다니는 걸 알면서도 어떻게 모르는 척해? 그럴 거면 대체 결혼은 왜 했어?"

남편은 아무렇지도 않게 말했다.

"결혼과 여자는 다른 문제지."

우와아, 정말 나는 이 남자 뭐가 좋아서 결혼한 걸까? 내가 나를 탓해도 소용없는 일이었다. 싸우다 지친 나는 자포자기 심정이 되기도 했다.

"에휴, 어차피 말릴 수도 없는 일. 각자 알아서 사는 게 좋겠네. 대신 외박은 절대 안 돼. 주말에도 나가면 안 돼. 그것만 지켜 줘.

각자 인생이니 각자 알아서 사는 거지, 뭐."

"알았어. 각자 알아서 사는 거니까, 신경 쓰지 마."

남편은 아이스크림을 받아 든 아이처럼 좋아했다. 아이고, 내 팔자야.

여자 문제는 자비의 부처님, 돌부처도 돌아앉는다고 했다. 아무리 이해하고 참으며 살려고 해도 가슴속에 응어리가 쌓이는 것은 어쩔 수 없었다. 그보다는 내 존재에 대한 회의가 일어, 슬퍼지는 날들이 많아졌다. 자존감이 떨어질 대로 떨어진 나는 친구도 만나지 않았고, 남편이 속 썩이는 일들은 차마 친정에다 하소연도 하지 못했다. 반대하는 결혼을 했기 때문이기도 했지만, 내 일로 친정 식구들이 신경 쓰고 마음 다치는 것을 보고 싶지 않았다. 대신 시누이들에게는 가끔 하소연을 하곤 했다.

"아휴, 그놈이 왜 그렇게 철이 안 드냐. 큰일이다."

시누이들은 내 앞에서는 나를 걱정했지만 돌아서면 결국 동생 편이었다. 나는 그것이 훨씬 마음 편했다. 그러나 가끔은 시누이들이 "올케 팔자가 그런 거니 팔자려니 하고 그냥 참고 살아."라고 하면 사는 게 참 싫어지고, '내 팔자는 왜 이런가?' 하는 자괴감으로 눈물이 뚝뚝 떨어지곤 했다.

징글징글하게 철없는 남편이었지만, 그래도 친정 일이라면 자다가도 벌떡 일어나 달려갈 만큼 친정에는 참으로 잘했다. 아내가 예쁘면 친정집 말뚝에도 절을 한다고, 친정에서 보기엔 딱 그 모습이었다. 남편은 사위들 중에 친정 부모님께 가장 곰살궂게 잘했으며, 친정 일에는 늘 적극적이었다. 그렇기 때문에 친정에서는 남편이 내게도 무척 착실하며 알콩달콩 잘 사는 것으로 알고 있었다. 사실 남편은 자기 기분이 좋을 때에는 내게 무척 잘했다. 사람 많은 길거리에서도 망설임 없이 나를 업고 다닐 정도였다. 손님이 집에 오면 음식도 함께 만들었고, 청소하는 것도 잘 도와주었다. 그러면 나는 또 "에휴, 다 그렇게 사는 거지 뭐. 그래도 남편이 마음만은 착하잖아." 하면서 남편과 시시덕거리곤 했다. 그것이 남편과의 가정생활을 유지하는 힘이 되었다고 할 수 있다.

그럼에도 나는 무척 힘든 시간을 보내야만 했다. 남편에게 각자 편하게 살자고 말은 했지만 그건 말뿐이었다. 나는 자비심과는 이미 멀어질 대로 멀어진 상태였다. 남편의 바람기에 대해서는 체념을 했다고 생각했는데도, 불쑥불쑥 여자 문제가 터질 때마다 내 가슴도 함께 터졌다. 이건 뭐, 불꽃놀이도 아닌데 심장이 수시로 펑펑 불꽃놀이를 하니 견디기가 어려웠다. 시집살이 눈 감고 삼 년, 귀 닫고 삼 년, 입 닫고 삼 년을 보내야 한다는 옛말이 귀신처럼 따라다녔다. 남편에게 원하는 것 없이 그냥 살자고 수억 번 다짐해도 그게 마음대로 되지 않았다. 눈 감고, 귀 닫고, 입 닫고 살아 보려고 노력했지만 결국엔 나만 아무 것도 할 수 없는 바보가 되는 것 같았다.

알콩달콩은커녕 허둥지둥 정신 줄을 놓다 못해 경지 높은 도를 닦는 것이 결혼 생활이라는 것을 뼈저리게 느껴야만 했다. 결과는 불을 보듯 뻔했다. 남편과의 사이는 점점 멀어졌고 서로 닭 보듯 하는 시간도 길어졌다. 나는 외로웠다. 남편은 결혼 전 내가 알던 그 사람이 아닌 듯했다. 착하고, 나만 알던 그 사람은 어디로 가고 남편은 세상의 모든 재밌는 일들에 빠져 사느라 아내인 나는 안중에 없었다.

남편은 화초를 무척 좋아했다. 집안에는 화분이 가득하여 계절마다 각종 꽃향기로 가득 찼지만, 내 향기는 점점 옅어지다가 아예 사라지고 말았다. 나는 집안의 화초보다 못한 존재였다. 꽃샘추위에 적응하지 못해 얼어 죽는 나비처럼, 남편에게 적응하지 못해 허둥대는 날들의 연속이었다.

나는 어디에도
없다

바람이 흔드는 건

상처만이 아니었다

때론 사랑이라는 미명조차

얼음처럼 등이 시렸다

군드러지는 시간조차

견뎌야 하는 것들은

모두 오독오독 독하더라

-꽃보라-

남편 집안에서는 외아들이 결혼하자마자 아이 보기를 간절하게
바랐다. 친정 또한 마찬가지였다. 아이를 원하는 절실함은 우리 부
부라고 해도 다르지 않았다. 그러나 아이는 쉽사리 생기지 않았다.
간절함이 절망으로 느껴지기도 했다.

남편 친구가 놀러 온 날이었다. 나와 남편, 친구와 함께 시내에서 볼 일을 보고 지하철을 타고 집으로 가는 중이었다. 갑자기 배가 끔찍하게 아파 왔다. 태어나 처음으로 겪는 극심한 통증이었다. 몸에서는 식은땀이 쭉쭉 흐르고 금세라도 기절할 것처럼 배가 아파 숨을 쉬기조차 어려웠다. 결국 지하철에서 내려 한참 동안 웅크리고 앉았다가 집으로 갔지만 통증은 점점 커져만 갔다.

비명을 지르고 싶을 만큼 배가 아팠지만, 남편 친구가 있으니 아프다고 징징거릴 수도 없었다. 아픈 배를 틀어쥔 채 저녁 준비를 하다가 도저히 참을 수 없어 화장실로 달려갔다. 당시엔 양변기가 아닌 수세식 변기였다. 온몸에 식은땀이 흘렀다. 비명도 지르지 못하고 화장실에 쪼그리고 앉았는데, 몸이 바들바들 떨렸다. 그러더니 무언가가 물컹 쏟아졌다. 새빨간 핏덩어리였다. 그런데 생리혈 치고는 조금 이상했다. 쏟아진 핏덩이는 아주 자그마한 거북이처럼 생겼고, 피는 더 이상 쏟아지지 않았다.

그러고 보니 생리 기간이 지난 지 한참 되었다. 직감으로 아이가 유산되었다는 생각이 들었다. 나는 핏덩어리를 한참 동안 들여다보다 물을 내렸다. 내 첫 아이였을지도 모를 핏덩이가 허무하게 쓸려 나갔다. 눈물이 주르륵 흘렀다.

식은땀을 식힌 나는 남편과 친구를 위해 지은 저녁밥을 먹으면서 애써 웃었다. 밥이 모래알 같아 넘어가지 않았다. 친구는 그날도 우리 집에서 자고 갔다. 친구가 있기에 남편에게 이야기도 하지 못하는 몹시 슬픈 날이었다. 다음 날 친구가 떠나자 남편에게 말했다.

"아이를 유산한 거 같아."

"뭐?"

"어제 지하철에서 배가 너무 아팠잖아. 집에 와서도 너무 아팠는데 ○○씨가 있어서 표현을 하지 못했어. 기절할 것처럼 배가 아파서 화장실에 갔는데 핏덩이가 쏟아지더라구. 근데 생리하고는 너무 달라. 거북이처럼 생긴 조그만 핏덩이가 쏟아졌어."

"에이, 설마. 아닐 거야, 유산했으면 네가 이렇게 멀쩡하겠냐?"

멀쩡? 멀쩡하지는 않았지만 그토록 아픈 통증은 사라졌다. 그럼에도 남편의 반응이 서운했다. 병원에 가고 싶었지만 당시 우리는 너무도 가난했기에 병원비가 부담스러웠다. 피를 쏟고 난 후엔 더 이상 고통스럽게 배가 아프지 않아 병원도 가지 않고 그냥 지나쳤다. 둘 다 너무 무지했거나, 상식 없는 무식자가 틀림없었다. 하지만 당시엔 유산인 줄 알았다 한들 병원에 갈 돈조차 없었으니, 그편이 차라리 나았다. 며칠 뒤 시댁 식구들에게 그 이야기를 했지만 아무도 신경 쓰지 않았다. 내 첫 아이였을지도 모를, 그날의 아픔은 모두의 무관심 속에 그렇게 잊혀졌다.

그 이후로 아이는 생기지 않았다. 손자를 그토록 기다리던 시아버지는 돌아가셨지만, 여전히 그는 외아들이었고 시댁에서는 집안의 대를 이을 아이를 기다렸다. 아이에 대한 간절함은 가슴에 가시가 박힌 듯 아프기만 했다. 남편은 내 앞에서는 아이를 기다리는 내색을 하지 않았다. 혹여 내가 불편해 할까 봐 그랬을 것이다.

큰시누이 집에서 모임이 있었는데 심한 감기 몸살로 가지 못한 날이었다. 늦은 시간, 전화벨이 울렸다. 사촌 시누이였다.

"동서, 마음 단단히 먹어라."

"그게 무슨 말씀이세요?"

"지금 자네 시누이들끼리 싸우고 난리도 아니야. 요즘이 어떤 세상인데, 참 나."

"싸워요? 왜요? 무슨 일이에요?"

시누이들끼리 싸운다는 말에 저절로 놀란 목소리가 튀어나왔다.

"동서가 애를 낳지 못한다고, 동서를 내보내고 새 여자를 들여야 한다는 시누이들과 그럴 수 없다는 시누이들로 나뉘어졌어. 그렇게 편이 갈라져서 지들끼리 싸우고 난리다. 그러니 마음 단단히 먹고 대처해."

흥분한 사촌 시누이 말을 듣자니 몸이 마구 떨려 왔다. 집안의 대를 잇기 위해서라도 나와 남편을 이혼시키고 새로운 여자를 들여야 한다는 시누이들과, 나를 내보낼 수 없다는 시누이들로 나뉘어 싸움질을 한다는 것이었다. 싸움을 보고 있던 사촌 시누이가 집으로 돌아가는 중에 내게 전화를 한 것이었다.

"사태가 그러니 맘 단단히 먹어. 그래도 ○○는 동서랑 절대 못 헤어진다면서 누나들한테 대들고 싸우더라."

전화를 끊고 나자 하늘이 노래지면서 온몸의 피가 말라버리는 듯 몸이 싸늘해졌다. 너무 놀라니 서러운 상황임에도 눈물은커녕 아무 생각도 나지 않았다. 몸만 와들와들 떨릴 뿐이었다. 그런데 참으로 신기하고 이상했다. 끊임없이 여자를 만나고 다녀 미웠던 남편이 나와 절대로 헤어질 수 없다며 싸웠다니, 참 바보 같게도 그런 남편이 너무 고맙고 미더웠다. 그 일 이후로 남편이 조금은 의지가 되었던 것도 사실이다.

남편은 나와 만나기 오래 전, 사귀던 여자가 임신을 하자 시댁에서 함께 살았다고 했다. 하지만 시댁에서 워낙 그 여자를 싫어해 억지로 병원에 데려가서 낙태를 시키고 내보냈다는 이야기를 친척에게 듣고는 경악했던 적이 있다. 그런 일도 있었던 지라, 몇몇 시누이는 아이가 없는 책임을 전적으로 내 탓으로 돌리며 쫓아내

자고 했던 것이었다.

이후로 정말 편이 갈린 시누이들은, 몇 명은 나에게 미안해 하며 친절했고 몇 명은 나를 못마땅하게 여기며 몹시 차갑게 대했다. 그런 상황에서 그 많은 시누이들을 어떻게 대해야 하는지 막막한 것은 물론이고, 시누이들을 볼 때마다 심장이 터질 듯 마구 방망이질을 해대서 숨을 제대로 쉬기조차 힘들었다. 이유야 어떠하든, 아이를 낳지 못한 죄는 오롯이 내게만 있는 것 같아 죄책감에 시달렸다. 들어서지 않는 아이로 인해 시누이들과의 관계가 서먹해지자 신경이 곤두서고 예민해졌다. 상처 입은 심장은 수시로 조이듯 아파 왔고, 맥박이 제대로 뛰지 않는 부정맥 현상이 생겼다. 급기야 극심한 스트레스로 몸이 망가져, 몇 걸음만 걸어도 식은땀이 나고 힘이 들어 걷기조차 어려울 지경이 되었다.

생각 끝에 불임 전문 병원을 찾아가 불임 검사를 했다. 검사 결과가 있는 날, 시누이들 중 나를 가장 예뻐해 주는 시누이와 함께 검사 결과를 들으러 갔다. 만약 불임의 원인이 내게 있다면 당장 이혼할 생각이었다. 그러나 검사 결과는 의외로 남편에게 약간의 문제가 있다고 나왔다. 불임까지는 아니지만 임신이 썩 잘되는 상태가 아니라는 것이었다. 그 외에 내 스트레스 지수가 너무 높아 호르몬 균형이 깨졌으니 마음을 편하게 가지라는 당부가 있었다.

검사 결과 자신들의 동생에게 약간의 문제가 있다는 것이 밝혀졌지만, 나를 내보내자던 시누이들은 여전히 쌀쌀맞았다.

어떡하든 아이를 낳고 싶었다. 임신하여 배가 부른 여자만 봐도 부럽다 못해 화가 날 지경이었다. 아이를 낳으면 남편도 가장의 면모를 갖출 테고, 시누이들도 더 이상 내게 트집 잡지 않을 것이었다. 병원을 다니면서 어렵사리 인공 수정도 몇 번 시도 하였지만, 그 힘든 과정을 통해서도 그토록 기다리는 아이는 내게 오지 않았다. 스트레스는 점점 쌓여 갔다. 마음과 몸이 너덜너덜해지니 세상만사가 모두 어둡고 슬프게만 보였다. 남편 집안의 대를 잇기

위해서라도 남편과 헤어지는 것이 맞는 것이 아닌가 하는 생각마저 들었다.

"우리 헤어지는 게 맞는 거 같아. 이혼하자. 너무 힘들어."

"나는 절대 너랑 헤어질 수 없어. 아이가 없으면 어때. 그냥 우리끼리 잘 살면 되잖아."

남편은 완강했다. 철저하게 내 편인 남편이 고마웠지만 외며느리로서 져야 하는 삶의 무게가 너무 무거웠다. 시누이들 만나는 것도 몹시 두려웠고 공포 그 자체였다. 시누이들이 많다 보니, 한 달에 한두 번씩은 꼭 어느 시누이든 일이 생겨서 모임에 가야만 했다. 시댁에 가는 것이 지옥의 문턱을 넘나드는 것처럼 끔찍한 고통의 시간으로 바뀌었다. 사는 게 몹시 힘에 겨웠다. 하늘은 온통 잿빛이었다.

시인이
되다

깊은 잠에서 깨어나

가장 착한 언어로

나는 너를 부른다

허망한 시

깃대에 매달린

내 조그마한 사랑은

거짓이 없어 더욱 아프다

-허망한 시-

나는 남편 때문에 시인이 되었다.

남편과 사는 동안 잘한 일 중의 하나다.

나는 남편과 잘 지내지 못했다. 아니, 엄밀히 말하자면 나는 남편과 많은 시간을 함께 보내면서 하고 싶은 것들이 많았다. 하지만 남편은 온전히 자신의 시간에만 충실했다. 나는 그냥 집안일을 하는 무수리거나 집에 있는 인형에 불과했다. 나는 인형이나 무수리로 사는 것을 견뎌내지 못했다.

결혼해서 10년 동안은 여름휴가를 거의 매년 시누이들과 함께 가야만 했다. 우리가 빠지면 마치 큰일이라도 날 것처럼 여기저기서 전화가 오는 통에 안 가고는 배길 수가 없었다. 어느 해인가 모처럼 남편과 단 둘이 여름휴가를 떠난 적이 딱 한 번 있었는데, 우연히도 휴가 첫날 불영사에서 큰시누이네 가족들을 만났다. 재수가 없으면 뒤로 넘어져도 코가 깨진다더니, 내가 그 꼴이었다. 큰시누이 눈에 띄었으니, 어쩔 수 없이 우리는 휴가 기간 동안 꼼짝없이 큰시누이네와 함께 보내야만 했다.

어쩌다 떠난 여행마저도 그 지경이었으니, 모든 면에서 연애 때와는 너무도 판이하게 다른 결혼 생활에 회의가 일었다. 경제적으로 어려운 것은 견딜 수 있었지만, 믿었던 남편이 끊임없이 여자 문제를 일으키자 신뢰가 무너지면서 원망만 늘어 갔다. 아이라도 있다면 아이에게 의지라도 할 텐데, 스트레스가 너무 심하니 아이도 들어서지 않았다. 남편과 함께하는 시간은 극히 적었으며 그나마 싸움하는 날들이 많다 보니, 나 혼자 감내해야 하는 외로운 생활이 너무 우울하고 서글펐다. 남편이 나 아닌 다른 이들과 술을 마시며 즐겁게 노는 동안 나는 허전한 마음을 일기에다 가득 채웠다. 남편을 기다리면서 써 내려간 일기장에는 남편과 시댁에 대한 원망, 미움, 결혼 생활에 대한 회의, 자존감이 낮아진 나에 대한 질책이 대부분이었다. 나는 마음의 동지인 일기장을 고이고이 장롱속에 숨겨 두었다. 나만의 탈출구인 일기장을 남편이 보아선 안되기 때문이었다.

그러던 어느 날, 남편이 내 앞에 일기장을 집어 던졌다. 아니 저걸 어떻게 찾았지? 갑자기 심장이 쿵 하고 내려앉았다.

"이게 도대체 뭐야? 나랑 사는 게 그렇게 힘들고 싫어?"

"왜 남의 일기장을 훔쳐보고 그래?"

무안함에 화를 내자 남편 목소리가 더욱 커졌다.

"내가 그렇게 나쁜 놈이야? 나도 너한테 잘하려고 노력하며 사는 거야."

잘하려고 노력한다고? 길 가는 사람을 붙잡고 물어봐라. 생활은 거들떠도 안 보고, 하루도 안 빠지고 술 마시며 노느라 늦게 들어오면서 노력한다고? 생활비도 바퀴벌레만큼 주면서 여자들은 대체 어떻게 만나고 다니는 거냐?

이렇게 따져 묻고 싶었지만, 남편의 불같은 성격을 아는지라 억울했음에도 생각만큼 화를 내지 못했다. 남편의 잔소리에 괜스레 서러워져서 눈물이 났다. 화를 내던 남편이 술 마시러 나가자 나는 방바닥에 패대기쳐진 일기장을 껴안고 바보처럼 엉엉 울었다.

남편에게 일기장을 들키고 난 후, 일기를 쓰지 않으려니 스트레스 풀 곳이 없었다. 어떡하든 견뎌내려면 무언가 써야만 했다. 나는 중학교 때부터 꿈이 작가였다. 그러다 보니 유일하게 취미 삼아 하는 일이 책 읽고 글 쓰는 일이었다. 멍하게 누워 있던 나는 벌떡 일어나 문방구에 가서 예쁜 공책을 한 권 샀다. 그러고는 다시 일기를 쓰기 시작했다. 오냐, 이제부터는 남편인 네가 알아보지 못 하도록 은유로 가득찬 시를 써 주마. 나는 그날부터 하소연 가득한 일기가 아닌 은유로 살짝 버무린 짧은 시를 쓰기 시작했다. 그러자 속이 조금 후련해졌다. 그러기를 몇 년 했을까. 시커먼 가슴을 날마다 시로 녹여 냈더니 그 중 몇 편이 추천되어서 등단하게 되었다. 소설가가 꿈이었지만, 어쨌든 시인으로 등단하게 되었으니 그 얼마나 좋은가. 그렇게 나는 남편 덕분에 시인이 되었다. 고난의 세월 끝에 남편 덕으로 어릴 적 꿈을 이룰 수 있게 된 것이었다.

시로 등단하여 상을 받게 되자 시누이들이 남편과 함께 꽃다발을 들고 시상식장으로 몰려왔다.

"올케, 축하해. 이제 시인이 되었네."

"시인이 올케라니 참 좋다."

"가문의 영광이다."

시누이들이 한마디씩 하자 남편이 어깨를 으쓱하더니 말했다.

"내 덕분에 시인 됐으니, 한턱 쏴."

시누이들이 놀라며 물었다.

"그게 무슨 말이야? 동생 덕분에 올케가 시인이 됐다니?"

당신들 동생이자 내 남편인 저 남자한테 하는 욕을 시로 썼거든요라고 말하고 싶었지만, 꾹 참고 부드러운 목소리로 대답했다.

"남편이 많이 도와줬거든요."

"그래? 아유, 잘 했다."

시누이들이 동생을 칭찬했다. 나는 씨익 웃었다. 왠지 통쾌했다.

시상식장에서 내 이름이 불렸다. 얼른 상을 받으러 나가면서 남편을 향해 씩 웃었다.

'자살'을 거꾸로 하면
'살자'가 된다

울지도 않고 웃지도 않는
고단한 어제와 오늘을 집어 던지고
죽음 같은 키스를 퍼붓고 싶었다
부드럽고도 차디찬 자유
길 없는 길
- 길 없는 길 -

개인 사업을 시작한 남편을 돕기 위해 나 또한 남편 사무실에서 일을 해야 했다.

어느 날, 퇴근 무렵 외근 중이던 남편에게서 전화가 왔다. 사무실에 두고 간 자신의 가방에 있는 서류에서 무언가를 확인해 달라는 것이었다. 서류를 찾기 위해 가방을 열었는데, 가방 안에 인화된 사진이 있었다. 한 달 전 내 생일에 사진을 찍었기에 그것인가

보다 하고 사진을 보았다.

그러나 웬걸, 내 사진은 달랑 몇 장뿐이었다. 나머지는 남편이
젊은 여자와 유원지 놀러가서 찍은 사진이었다. 배신감에 내 심장

은 또 다시 펑펑 불꽃놀이를 시작했다. 나는 사무실로 돌아온 남편에게 사진 속 여자에 대해 따져 물었다.

"사진 속 이 여자 누구야?"

"가방 뒤졌어? 남의 가방을 왜 뒤져?"

남편이 눈에 불을 켜고 화를 냈다.

"내가 일부러 가방 뒤졌어? 가방 안에 있는 서류 찾아 달라며? 서류 찾다 보니 사진이 있길래 생일날 찍은 내 사진인 줄 알고 봤지. 그런데 내 사진은 달랑 몇 장이고, 젊은 애랑 아주 다정하더라."

"거래처 직원이야. 그리고 사진은 왜 봐서 난리야? 사진만 안 봤으면 아무런 일도 없잖아, 에잇!"

왜 또 난리? 사진을 왜 봤냐고? 갑자기 속에서 용광로보다 뜨거운 불길이 타올랐다. 남편은 자신의 잘못을 절대로 인정하지 않는 사람이었다. 아무리 잘못된 일을 했어도 아내에게 미안하다고 말하면 세상이 뒤집어지는 줄 아는 남자였다. 남편은 자신의 잘못을 인정하기는커녕 내가 사진을 봤다는 말도 안 되는 이유로 몹시 화를 냈다. 몰라도 될 일을 내가 사진을 봤기 때문에 알게 되었으니 내 잘못이라는 것이었다. 남편의 논리는 무조건 그런 식이었다.

집에서도 냉랭한 분위기는 풀리지 않았다. 마침 남편 친구가 놀러 왔지만 분위기는 여전히 삭막했다. 전말을 들은 남편 친구가 남편의 잘못을 인정하자 남편의 화는 수그러드는 게 아니라 더욱 활활 타올랐다. 남편 친구가 나를 두둔하고 위로하자, 남편은 급기야 친구 앞에서 나를 발길로 걸어차고 무엇인가를 집어 던져 깨트리고는 집을 나가버렸다. 친구에게 자신의 치부를 보인 것이 너무도 불쾌했던 것이다. 당황한 남편 친구가 남편에게 욕을 하며 뒤따라 나갔다.

달도 숨어버린 어두운 밤이었다. 남편에게 걸어차인 갈비뼈가 한숨을 쉴 때마다 너무 아팠다. 갈비뼈를 부여잡고 방 안에 널브러진 깨진 파편들을 치우는데 끊임없이 눈물이 흘렀다. 도대체 이렇게 고달프고 재미없는 인생을 왜 사느냐고 나한테 묻고 또 물었지만, 그 이유를 댈 수가 없었다. 경제적으로 여유로운 것도 아닌데다 삶을 지탱해 줄 아이도 없었고, 나 때문에 시누이들도 편이 갈렸으며(물론 자매이다 보니 금세 자기네끼리는 다시 친해졌지만 나는 여전히 고통스러웠다.), 남편은 끊임없이 다른 여자를 만나고 있었다. 그렇다고 취미 생활을 하며 살 수 있는 여건도 아니었다. 남편 대신 집과 사무실을 지키는 나는 조롱 안에 갇힌 새나 마찬가지였다. 살아야 한다는 것이 끔찍했다. 자존감이 바닥을 쳤으나 끌어올릴 힘도 남아 있지 않았다.

나는 몇 날 며칠 약국을 돌며 수면제와 신경 안정제를 사 모았다. 그리고 대판 싸움을 하고 남편이 집을 나간 어느 날 밤, 서러움에 복받쳐 울다가 약을 털어 넣었다. 남편은 그 다음 날 아주 늦은 밤에야 들어왔다. 그리고 남편이 한 첫 번째 짓은 남편이 들어왔는데 자고 있다며 약에 취해 있는 나를 발로 툭툭 걷어차는 것이었다.

이틀 만에 겨우 깨어났지만, 나는 남편에게 수면제 먹었다는 말을 하지 않았다. 믿지도 않을뿐더러 꾸며낸 말로 치부할 수 있었기 때문이었다. 죽으려다 깨어나 보니, 나를 계속 힘들게 하는 인간 때문에 죽는다는 것이 너무 억울하다는 생각이 들었다. 내 삶이 너무도 억울해서 그대로 죽기 싫었다. 나는 죽는 대신 남편과 헤어질 것을 꿈꾸기 시작했다. '자살'을 거꾸로 하면 '살자'가 된다. 나는 죽는 대신 끝까지 살아남아서 남편에게 복수하고 싶었다. 나는 오기로라도 살기로 결심했다.

약을 먹었음에도 위세척을 하지 못한 나는, 그 이후로 라면이나 밀가루 음식, 차가운 음식은 전혀 소화를 시키지 못했다. 물론 밥도 양껏 먹지 못했다. 한번 체하면 며칠간 약을 먹어도 소용없었다. 속이 편해질 때까지 며칠이고 굶든가 아주 적게 소식을 해야만 했다.

이후로 남편과 싸우게 되면 죽기 살기로 덤볐다. 어차피 죽기로 결심했던 적이 있었으니, 이래 죽으나 저래 죽으나 마찬가지라는 심정이었다. 내가 악착같이 덤벼들자 남편은 "세상에서 네가 제일 착한 여자인 줄 알았는데, 이렇게 독종인줄 몰랐다."며 이후로 폭력은 쓰지 않았다. 대신 화가 나면 물건을 부수기 시작하였다. 견디다 못한 나는 부서진 물건을 남편이 치울 때까지 그대로 내버려 두었다. 그러자 남편은 방법을 바꾸어 싸움을 할 때면 물건을 부수지 않는 대신 심한 욕을 하기 시작하였다.

폭력이나 욕은 사람의 자존감을 가장 빨리 갉아먹는 최상의 무기다. 폭력과 폭언 앞에서 내 자존감은 바닥을 쳤고, 더 이상 세상을 살아가야 할 이유를 찾기 어려운 때가 점점 잦아졌다. 나 자신이 싫어서라도 살기 싫어질 때가 너무나 많았다. 그러나 오기로라도 살아야 했기에, 내가 살 수 있는 방법은 남편과 이혼하는 것이 최선이라는 생각에까지 다다랐다.

결국 우리는 이혼 서류에 도장을 찍어 법원에 제출하였다. 기한 내에 둘 중 한명이 서류를 떼어 제출하면 이제 완전히 남남이 되는 것이었다. 그러자 이혼 서류를 법원에 제출했다는 것을 안 시댁에서 난리가 났다. 날마다 시누이들과 매형들이 번갈아 찾아와서 제발 이혼만은 하지 말아달라며 울며 사정했다. 남편은 내 눈치만 보았다. 기세등등하던 품도 수그러져 풀이 죽은 듯 했다. 남편은 변한 것을 행동으로 보여 준다는 듯 나한테 상냥하게 대하기 시작했다. 바람에 흔들리는 것은 갈대만이 아니다. 내 마음 또한 너무나 자주 흔들렸다. 남편의 착해진 말씨에도 마음이 흔들렸고, 시누이들의 눈물에 같이 울기에 이르렀다. 남편은 삶의 태도를 바꾸겠다고, 여자도 안 만나고 착실하게 살겠다고 했다. 마음 약한 나는 또 그 말을 믿었다. 그러고는 마지막 서류를 넣지 않아 이혼은 무효로 돌아갔다.

그러지 말았어야 했다. 그때 이혼했어야 했다. 정말로.

엄마가
되다

다섯 살 어린 딸이 물었다

엄마는 어디가 제일 예뻐?

아이와 한 몸이 되어 살았던 볼록한 뱃살

볼품없는 배가 제일 예쁘다고 대답한다

딸아이는 제 귀를 어미 배에 갖다 댄다

엄마, 지금도 내가 저 안에서

웃고 있는 거 같애

－세상에서 제일 예쁜－

깊은 어둠이 지나면 반드시 새벽은 온다. 그러나 내게 있어 어둠은 점점 깊어지기만 했고, 새벽은 언제 올지 몰라 너무나 암울했다. 남편이 하던 사업이 쫄딱 망하자 늘어난 빚에 급기야 길바닥에 나앉을 지경이 되었다. 빚쟁이들은 집으로까지 찾아왔고, 방황하던 남편은 어디론가 사라져 죽어버릴 거라며 매일 으름장을 놓았다. 그러자 시댁까지 온 집안에 비상이 걸렸다.

시누이 중 가장 깐깐한 성격의 시누이가 제안을 해 왔다. 그 시누이는 지방에서 살고 있었고, 시누이 딸은 서울에서 외고를 다니고 있었다. 헌데 자신이 서울과 지방을 왔다 갔다 하며 딸을 돌보는 것이 어렵기도 하고, 우리는 당장 갈 곳도 없으니 딸이 사는 아파트에서 함께 살면서 자신의 딸을 돌보아 주면 어떻겠냐는 것이었다.

당장 길거리에 나앉을 판이니 싫고 좋고를 따질 여유가 없었다. 이후 고된 생활이 시작되었다. 새벽 다섯 시에 일어나 밥을 해서 조카의 아침밥을 챙기고 직장에 나가야 했다. 퇴근하고 들어오면 학교에서 밤늦게 오는 조카를 기다렸다가 간식을 주고 밤 12시가 지나야 겨우 침대에 누울 수 있었다.

잠도 제대로 못 자는 상태에서 남편과는 툭하면 다투는데다, 시누이가 자주 와 있으니 사는 게 사는 것이 아니었다. 스트레스가 심하다 보니 원형 탈모는 기본이고, 밤만 되면 온몸의 뼈마디마디가 너무도 아파 돌아누울 수도 없는 지경에까지 이르렀다. 숨을 쉴 때마다 뾰족한 얼음이 뼈마디를 뚫는 것만 같은 통증이 일었다. 온몸이 얼마나 아픈지 숨쉬기조차 힘들 정도였다. 이대로 죽어버렸으면 좋겠다는 생각이 밤마다 들었다. 그런 상황에서도 여전히 방황하는 남편과 자주 다퉜고, 조카가 우리 다툼을 시누이에게 이야기했는지 하루는 시누이가 심각하게 말했다.

"올케, 저러다 동생이 진짜 죽을 거 같아. 마침 우리 직원 하나가 그만 두었는데, 그 자리에 동생이 왔으면 좋겠어. 올케가 동생한테 얘기 좀 해 봐. 내가 얘기하니까 안 간다고 펄펄 뛰네."

나는 남편에게 담담하게 말했다.

"그렇게 방황하지 말고 당분간 누님네 일을 도와주는 게 어때? 당신하고 내가 하도 싸우니까, 애가 공부하는데 방해가 많이 되나 봐. 형님이 여기 살림을 다시 한다니까 우린 있을 곳도 없어. 그러니 내려가."

싫다고 펄펄 뛰던 남편은 상황 이야기를 전해 듣자 고개를 떨궜다.

"나는 여기서 직장을 계속 다녀야 하니까, 방 한 칸 얻어서 당분간 떨어져 살아 보면 어떤 해결책이든 나오겠지."

결국 남편은 지방에 있는 시누이네 사업을 도와주러 내려가게 되었고, 나는 반 지하를 얻어 생활하게 되었다. 반 지하이다 보니 불을 끄면 칠흑처럼 어두워서 너무도 무서웠다. 밤이면 불을 환하게 켜놓고 무서움을 견디다가 새벽이 되어서야 지쳐서 잠이 들곤 했다. 그런데 참으로 신기하기도 했다. 여전히 잠을 못 자는 것은 마찬가지임에도, 남편과 떨어져 살게 되자 그토록 나를 고통스럽게 했던 뼈마디의 아픔이 점차 사라지는 것이었다.

　그런데 사람은 얼마나 간사한지, 아이를 낳지 못한다고 나를 무척 미워하며 나와 남편을 갈라놓기 위해 제일 앞장섰던 시누이가 자기 아들을 몇 달만 데리고 있어 달라는 부탁을 했다. 생각 같아서는 일언지하에 거절하고 싶었지만, 조카가 무슨 죄가 있으랴 싶어 데리고 있었다. 그러자 나를 그토록 미워하던 시누이가 내게 조금 미안한 마음을 갖게 되었다. 참 간사한 것이 인간이다.

　그렇게 1년 이상을 주말부부로 보내다가 결국 나도 남편을 따라 지방으로 내려오게 되었다. 물론 깐깐한 시누이와 가까운 거리에서 사는 것이 불편하긴 했지만, 어쨌든 아는 사람 하나 없는 지방으로 내려오자 마음이 몹시 편했다. 서울에서는 한 달이면 두어 번씩 시댁 모임에 참석해야 했지만, 지방으로 내려오니 여건상 시누이들과도 자주 만나지 않게 되어 스트레스도 많이 줄었다. 남편도 아는 사람들이 별로 없어서인지 술도 자주 마시지 않고 집에 착실하게 잘 들어왔다.

　어느 날 꿈을 꾸었는데 너무 이상했다. 바다에서 거북이를 데려왔는데 너무도 생생한 것이 아무래도 태몽인 것만 같았다. 그리고 보니 생리도 건너뛰었다. 임신 테스트기에 보이는 선명한 두 줄. 임신이었다. 결혼 생활 11년, 시골살이 1년 만에 드디어 임신을 하게 된 것이었다.

그때의 떨림은 어떻게 표현할 수가 없다. 그러나 떨림 뒤에 와락 긴장과 두려움이 몰려왔다. 혹시 금세 선이 하나 흐려지면 어떡하지? 임신 테스트기가 불량이라면? 별의 별 생각이 다 들었다.

남편에게 전화를 했다.

"나, 임신한 거 같애."

"뭐?"

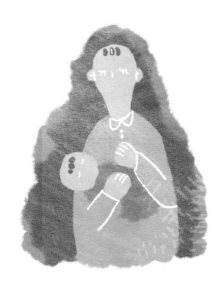

남편의 목소리가 커졌다. 그러나 병원에서 확인하기 전까지는 확신할 수 없었다. 남편과 함께 곧장 병원으로 향했다.

"임신입니다."

　그 소리를 듣는 순간 자리에서 일어날 수가 없었다. 다리가 후들거리고 정신이 아득했다. 기쁘기는 한데, 그보다는 당장이라도 의사가 '오진'이라고 할 것만 같아 두려웠다. 그런데 며칠 뒤 하혈이 비쳤다. 순간, 아이를 잃을까 봐 소름이 쫙 끼쳤다. 병원으로 가는 동안에도 요동치는 심장은 진정되지 않았다. 병원에서는 유산할 수도 있으니 아이를 낳을 때까지 될 수 있으면 움직이지 말고 누워 있으라고 했다.

　그렇게 해서 아이를 낳을 때까지 식사 준비 외에는 거의 대부분의 시간을 침대 위에서 보냈다. 집 밖은 병원 외에는 나갈 엄두도 내지 못했다. 바깥 구경을 하지 못하는 상황이었지만, 그래도 아무렇지 않았다. 조금도 답답하지 않았다. 아이만 낳을 수 있다면, 그보다 더한 것도 견딜 자신이 있었다. 나는 하루 종일 침대에 누워 책을 읽거나 라디오를 들으면서, 때론 창밖 푸르른 나무들과 하늘을 보며 시간을 보냈다.

"오늘은 어떤 동화책을 읽어 줄까?"

　퇴근해서 온 남편은 뱃속의 아이에게 날마다 동화책을 읽어 주었다. 그러면 뱃속의 아이도 신나는 듯 발길질을 하곤 했다. 아이가 뱃속에서 꿈틀거릴 때마다 남편과 나는 뱃속의 아이와 함께 손을 잡는 것만 같았다. 행복했다. 이 세상의 모든 행복과 기쁨이라는 감정이 모두 내 뱃속에 있는 것만 같았다. 남편과 나는 싸우지 않았다. 남편과 내 얼굴에서는 그동안 볼 수 없었던 햇살과도 같은 미소가 되살아났다. 남편은 다정했고, 나는 세상에서 가장 행복한 임신부였다.

겨울이 시작될 무렵, 남편을 꼭 닮은 딸을 낳았다. 결혼하고 12년 만에 낳은 기적 같은 아이였다. 내가 세상에 태어나 가장 잘한 일이었다.

또 다른 세상,
딸

깊이 사랑한다는 것은

멀리 있어도

너의 아픔이 내게 전달된다는 것이다

말하지 않아도

아픔을 느낄 수 있는 너의 뒷모습

－사랑한다는 것은－

지구상의 모든 인간은 여자에게서 태어난다. 인간을 탄생시키는 여자는 새로운 역사를 태동하는 것과 마찬가지다. 여자인 나도 겨울이 시작될 즈음에 딸을 낳았다. 아이를 보는 순간, 역사를 만들어 나갈 지구상의 인간 중 한 명을 내가 낳았다는 경이로움에 몸이 떨렸다. 이 세상을 지키고 살아 내야 할 아이를 낳음으로 인해 '엄마'라는 자격과 어린 생명을 존귀하게 키우고 보살펴야 할 막중한 책임감을 부여받은 것이다. 그 책임감은 기쁨과 환희로 충만했다.

아이를 낳고 보니 세상이 완전히 다르게 보였다. 아이가 태어나기 전에는, 무언가 허전하기도 하고 인생에 대한 책임감이 그리 강하지 않았던 듯 했다. 나만 아이를 못 낳는다는 자괴감으로 타인에 대한 배려도 그리 많지 않았고, 부모의 막중한 역할에 대해서도 심각하게 생각해 본 적이 없었다. 그러니 부모님께 감사함도 그리 크게 느끼지 못하는 철없는 어른이었던 것이다. 막상 아이를 낳고 보니 부모님의 위대함과 감사함에 저절로 숙연해지고 눈물이 났다.

아이를 낳기 전에는 그저 살아가는 것이 이유였다면, 이제는 완전체가 된 느낌이었다. 부모님이 얼마나 큰 사랑으로 자녀들을 키웠는지도 한꺼번에 이해되었다. 살짝만 세게 안아도 부서질 것 같은 작은 생명체가, 완벽한 그 무언가를 내게 준 것만 같아 황홀했다. 근근하던 삶에 새로운 희망이 싹 트고, 그 힘이 나를 지탱하게 해 감동과 환희가 나날이 커져 갔다.

세상의 모든 엄마들이 얼마나 위대한지도 알게 되었다. 친정 엄마의 위대함에 감사함이 저절로 스며들었다. 신기하게도 아버지와 엄마의 고단했던 삶이 갑자기 이해되고 안쓰러움이 몰려들기도 했다. 부모가 되어 봐야 부모 심정을 알게 된다는 말이 저절로 와 닿은 것이다. 나는 아이를 낳고 나서야 진정한 어른으로 성장하고 있다는 것을 자각했다. 나이만 먹었다고 해서 어른이 되는 것은 아니라는 것도 그때 깨달았다.

엄마가 된다는 사실은 설렘과 두려움을 동반한다. 나와 남편을 믿고 의지하며 세상을 살아가야 할 어린 생명. 엄마가 된다는 것은 이 세상의 어떤 행복과도 견줄 수 없다는 것을 알게 되었다. 아이가 나를 향해 방싯 웃기만 해도 세상의 전부를 가진 듯 행복했다. 하지만 아이가 조금만 아파도 세상이 끝장날 듯 가슴이 무너져 내렸다. 남들이 보기엔 너무나 평범하고 일상적인 시간이었지만, 아이와 함께하는 모든 시간은 너무도 신성하고, 무엇 하나 의미 없는 것이 없었다. 아이는 내 삶의 원천이었으며, 그렇게 나는 아이와 더불어 조금씩 성장해 갔다.

아이를 돌보느라 가끔은 내 삶이 없는 것처럼 느껴져 힘들 때도 있었고, 기운이 너무 달려 혼자 훌쩍거릴 때도 있었지만, 그럼에도 불구하고 아이를 돌보는 삶은 곧 내가 사는 삶이었다. 딸 때문에 세상의 행복이 무엇인지 알게 된 것이었다. 더 넓은 세상과 인간에 대한 이해의 너비를 깨닫게 해 준 딸에게 너무도 감사하다.

이혼은 준비 없이
찾아온다

홀로 남겨진 자는

어둠의 강을 본다

침잠하는 눈

홀로 남겨진 자의 고단한 잠은

자체로도 슬프다

-홀로 남겨진 자의 슬픔-

아이를 낳고 난 이후, 앞으로의 내 삶에는 꽃길만 펼쳐질 것이라 여겼다. 남편은 다정했으며 눈에 넣어도 아프지 않을 딸은 바라만 보고 있어도 심장이 녹을 만큼 사랑스러웠다. 남편과 나는 아이에게 새로운 세상을 보여 주기 위해 여행도 자주 다녔다. 새로운 세상을 마주할 때마다 아이가 신기한 듯 좋아하는 모습을 지켜보는 것은 세상에 둘도 없는 기쁨이었다. 정확히 딸이 6살 무렵까지는 행복했다.

　그러나 웬걸, 사는 것은 늘 그렇듯 녹녹치 않았다. 어두운 삶의 터널을 지나면 햇살 밝은 곳이 나오겠지 했지만, 어두운 삶의 터널은 어느 곳에나 존재했다. "좋지 않은 일들은 사람이 정신을 차리지 못하도록 한꺼번에 몰려다닌다."는 말이 있듯이, 나 또한 예외는 아니어서 정신없는 일들이 한꺼번에 우르르 몰려왔다.

　남편이 외아들이기에, 제사는 당연히 우리 몫이었다. 제사 때면 시댁 식구들 모두가 우리 집에서 자고 갔기 때문에 제사 때마다 몹시 힘들었다. 시누이들을 맞기 위한 집안 청소와 이불 빨래, 제사 음식 준비는 물론이고 그 많은 시댁 식구들 뒷바라지를 외며느리인 나 혼자서 모두 감당해야 했다.

　어느 해, 시아버지 제삿날이라 시댁 식구들이 모두 모였는데, 그날따라 분위기가 냉랭했다. 제사를 지내고 제수 음식을 나누어 먹은 상을 물리자, 남편을 데리고 자영업을 하는 매형이 무겁게 입을 뗐다.

　"내일부터 나오지 말게."

　남편은 아무 말도 하지 않았다. 시누이들과 다른 매형들은 왜 그러냐고 묻는 것조차 하지 않았다. 단지 나만 놀란 토끼 눈을 했을 뿐이다. 매몰차게 한마디 던진 시누이 부부는 찬바람을 일으키며

자기 집으로 가버렸다. 분위기가 어둡게 가라앉았다. 우리 집에 남아 있는 시누이들과 매형들은 무슨 일 때문에 이런 사단이 벌어졌는지 모두 아는 눈치였다. 나만 무슨 영문인지 몰라 가슴이 덜컥 내려앉았다. 시누이 가족들이 모이면 항상 밤새워 놀았는데, 그날은 모두들 잠자리에 일찍 들었다.

다음 날 시누이 가족들이 모두 돌아가고 난 뒤에도 남편은 아무런 해명을 하지 않았다. 남편은 늘 그랬다. 모든 일에 있어, 나와 상의도 하지 않았고 사전에 이야기해 주는 법도 없었다. 대부분 무슨 일이 벌어진 뒤에야 시누이들의 전화를 받거나, 아니면 무언가 눈치가 이상해서 시누이들에게 전화를 해서 아는 경우가 허다했다. 그럴 때마다 시누이들은 "에휴, 대체 걔는 왜 항상 상의도 없이 그런다니." 하면서 한숨을 내쉴 뿐이었다. 물론 시누이들 입을 통해 남편 이야기를 들어야만 하는 내 한숨은 더 깊어졌다.

결국 나는 시누이를 통해 그간 남편에게서 어떤 일이 일어났었는지를 알 수 있었다. 시누이 말을 빌면, 철없는 남편이 돈 사고를 친 것도 모자라 거래처 여자와 사귄 것을 매형에게 들킨 것이었다. 이런 일이 반복되다 보니, 서로 불편한 관계로 지낸 지 제법 오래되어 더 이상 참지 못하고 해고한 것이라 했다. 남편을 아끼던 시누이들조차 이번 건에는 냉담했다.

그야말로 남편은 하루아침에 시댁 식구들조차 외면하는 실직자가 되었고, 내게는 이러저러한 상황들이 청천벽력으로 다가왔다. 여자 문제는 차치하더라도, 시댁 식구들마저 외면하는 남편을 보고 있자니 울화병이 도졌다. 그간 몰래 빼내 썼다는 그 돈은 대체 무엇에 사용하였을까? 그럼에도 나중에 밝혀진 것은, 나 몰래 진 빚이 몇 천만 원이 더 있다는 것이었다. 하늘이 노랗고 분노가 활화산처럼 살아났다.

　그러나 아이를 위해서라도 이혼은 생각조차 하기 싫었다. 실직자가 된 남편은 직장 구하기를 거부하고 자영업을 하고자 했다. 나이도 있다 보니 시골에서는 직장 구하기도 어려웠다. 하지만 아무리 하찮은 가게라도 시작하려면 자본금이 필요했다. 당연히 우리에겐 그럴 만한 돈이 없었다. 시누이들 대부분이 부자였지만, 괘씸 죄 때문에 모두가 우리를 외면했다.

　나는 그동안 친정에는 남편의 잘못된 행동에 대해 입 한 번 벙긋하지 않고 살았다. 말해 보았자 부모님과 친정 식구들 마음만 괴로울 것이기 때문이었다. 내 문제는 내가 해결하는 것이 옳다는 성격 때문에 더욱 그러했을 것이다. 그래서인지 남편은 친정에서 사랑을 참 많이 받았다. 남편은 친정 일에 앞장서서 잘했을 뿐더러, 친정에서 바라보는 남편과 나는 아주 사이좋은 부부였다.

　나는 마음에 응어리가 깊어지면 시누이들에게 하소연으로 마음을 풀었다. 팔은 안으로 굽는다고, 시누이들은 내 앞에서는 내 편을 들지만 결국엔 자기 남동생이 아무리 큰 잘못을 해도 다 받아주기 때문이었다. 나는 오히려 그편이 마음 편했다. 그럼에도 이번에는 시댁에서 남편에게 단단히 화가 나 있어 외면하니, 당장 어찌해야 할지 난감했다.

　그 무엇보다 아이를 봐서라도 우선 살아야 했다. 남편에 대한 원망은 접어두기로 하고 그동안 모아둔 비자금과 붓던 적금과 보험을 몽땅 해약해서 남편의 사업 준비금을 마련했다. 남편이 자영업을 하고자 하는 것을 안 친정 엄마는 당신 장례 때 쓰려고 모아 두었던 돈을 아낌없이 보내왔다. 눈물이 났다. 엄마의 그 돈은 딸들이 주는 용돈을 입을 것 안 입고, 드실 것 안 드시면서 모아 온 돈일 터였다.

깊은 숨을 쉬고 나서 남편에게 진심으로 말했다.

"엄마 돈은 무슨 일이 있더라도 꼭 갚아야 해. 그 돈이 어떤 돈인지 알잖아. 그리고 애를 위해서라도 다시는, 절대로 여자 문제로 속 썩이지 마. 당신 누나들은 시간이 지나면 당신과 화해하고 당신 편이 되겠지만, 나는 이게 마지막 경고야. 정말 너무 힘들다."

남편의 눈에 눈물이 고였다.

"다시는 여자 문제나 돈 문제로 속 썩이는 일 없을 거야. 당신 아니면 누가 나를 이렇게 생각해 주겠어. 그동안 미안했어. 정말 잘할게."

남편은 결혼 후 처음으로 눈물을 보였다. 그동안 살아오면서 누나들의 쌀쌀함을 처음 경험한 탓에 놀라기도 했을 테고, 그리 넉넉하지도 못한 친정에서 두 발 벗고 도와주니 고맙기도 했을 터였다.

우리는 정말 모든 것 잊고 새롭게 출발하는 마음으로 열심히 살자고 굳게 다짐했다. 하지만 사람의 본성은 그리 쉽게 변하지 않는 법이다. 처음엔 열심히 일하던 남편이 어느 순간부터 영업을 해야 한다며 가게를 내게 맡기고 외근을 나가기 시작했다. 남편이 영업하러 나간다고 할 때에만 잠깐씩 가게에 나가던 나는, 어느 날부터인가 아예 아침부터 오후 늦게까지 가게를 지켜야만 하는 날이 잦아졌다. 남편이 영업하는 곳은 주로 학교였다. 남편은 토요일에도 학교에 간다며, 학교에서 선생님들과 점심 먹고 올 거라면서 나가곤 했다. 옆 가게 주인이 가끔 농담 삼아 남편을 의심하곤 했다.

"토요일에는 학교가 쉬는데, 영업을 나가요? 아무래도 이상해."

"학교 나오는 선생님들도 있나 보죠, 뭐."

남편을 믿고자 했던 나는 옆 가게 아저씨의 말을 아무렇지도 않게 웃어넘겼다. 나중에 알고 보니 토요일은 학교에서 점심은커녕 선생들도 출근하지 않았다. 참, 얼마나 바보였던지.

그러던 어느 날이었다. 집 전화로 가게에 있는 남편과 통화를 하는데, 전화기 너머로 남편 휴대폰 울리는 소리가 들렸다. 남편은 휴대폰을 받아야 한다며 급하게 전화를 끊었다. 그런데 너무 급하게 끊은 나머지 전화기가 제대로 놓이지 않아 수화기를 타고 남편 목소리가 들려왔다. 누군가와 통화를 하는 남편 목소리는 너무도 다정했다. 직감상 여자가 틀림없었다. 남편은 휴대폰 속 여자에게 보고 싶다고, 사랑한다고 말하고 있었다. 결혼 생활 20년이 다 되어가도록 나는 한 번도 듣지 못한 말이었다.

제 버릇 개 못 준다고, 남편의 여자 편력은 그 어떤 상황에서도 끊이지 않았던 것이다. 심장이 벌렁거렸다. 옛날과는 비교도 안 되는 큰 충격이었다. 퇴근해서 집으로 들어온 남편에게 따졌더니, 도리어 생사람 잡는다면서 소리를 버럭버럭 질러댔다. 남편이 잠든 틈을 타 처음으로 남편의 휴대폰을 열어 보았다. 문자는 온통 누군가에게 사랑한다고, 보고 싶다는 말로 뒤덮여 있었다. 심장의 불꽃놀이는 최후의 발악처럼 펑펑 터졌고, 걷잡을 수 없는 들불처럼 번져갔다.

가게를 시작할 때 울면서 했던 다짐은 어느새 먼지처럼 사라진 것이었다. 배신감 때문에 온몸이 바들바들 떨려왔다. 남편의 뒷모습만 보아도 화가 치밀어 살 수가 없었다. 전쟁 같은 싸움이 다시 시작되었고 나는 이혼을 요구했다. 자신의 약점을 잡혀 독이 오른 남편은 술에 취해 집기를 부수고 욕설을 퍼부어댔다. 태어나 생전 처음 듣는 지독한 욕이었다. 싸움 끝에 한 번은 남편이 칼을 빼들고 죽이겠다며 달려들어서 혼비백산 맨발로 도망 나온 적도 있었다. 그 칼은 막내 매형이 독일에서 사왔다고 선물로 준 너무도 날카로운 회칼이었다. 남편과의 싸움은 끝날 기미가 없었고, 나는 밤마다 방문을 걸어 잠근 채 아이를 끌어안고 울었다. 사는 것이 그야말로 지옥이었다.

어느 날, 집에 있는데 부동산에서 집을 보러 왔다며 초인종을 눌렀다.

"집 내놓은 적 없는데요."

"여기 맞아요. 아저씨가 부동산에 내놓았어요."

그때, 그 황망함이라니!

언제나 그렇듯 남편은 내게 한마디 상의도 없이 집을 내놓았던 것이다. 그리고 집을 뺀 전세금은 모두 남편이 쌓아 놓았던 빚을 갚는데 사용되었다. 얼마 후, 내 명의로 되어 있던 작은 아파트마저 경매로 넘어갔다. 가게 보증금은 그동안 남편이 월세를 내지 않아 모두 깐 상태라, 가게마저 접어야 했다. 더 이상 어떤 희망도 보이지 않았다. 결국 돌이킬 수 없는 악화 상태에 이르게 되자 남편은 이혼에 합의했다.

수중에는 돈 한 푼 없었지만 미래를 생각할 겨를도 없었다. 어찌 되었든 남편과 헤어지는 것이 급선무였다. 나는 남편에게서 '고향에 있는 땅이 팔리면 위자료를 준다'는 종이쪽지 하나 달랑 받고 이혼했다. 절망도, 희망도 없는 이혼이었다.

홀로 된
자유

하루를 세탁기에 넣어 빨면

새하얗게 새하얗게

새로워질 수 있을까

흰색은 흰색으로

노랑은 노랑으로 고운 그런 하루

─빨래─

이혼을 하고 갑작스런 생활 변화에 적응하기 위해 쩔쩔매던 어느 날, 친한 동생이 분을 못 삭인 채 씩씩거리며 나를 찾아왔다. 너무 놀라 무슨 일인가 물었다.

"언니, 보험 하는 여자인데 나이는 50대 중반이고 이러이러 하게 생겼는데, 아는 사람이야?"

듣고 보니 내가 속했던 단체의 회장 부인이었다.

"누군지는 아는데, 대화를 해 본 적은 없어. 근데 무슨 일이야? 왜 그래?"

"세상에 이럴 수가 있어? 아휴, 분해. 아는 사람 집에 갔는데 그 여자도 와 있는 거야. 그런데 누군가의 흉을 엄청 보더라구. 가만히 듣다 보니 언니 얘기인 거야."

동생의 말을 빌자면, 나와는 대화를 한 번도 해 본 적도 없고, 인사만 몇 번 나눈 사이인 그 여자가 말하길, 내가 남자들하고 술도 잘 먹고 흥청거리며 잘 놀아서 남편이 싫은 소리를 하니까 돈을 몽땅 빼돌려 남편을 알거지로 만들어 놓고 이혼했다는 것이었나. 이야기를 듣던 동생이 너무 화가 나서 "제대로 알지도 못하면서 왜 그따위 소리를 함부로 지껄이냐."며 그 여자에게 퍼붓고는 자리를 떴다는 것이었다.

순간 기가 막혀서 말도 나오지 않았다. 그 동생은 우리와 아래윗집 살면서 이혼하기 전까지 가장 친하게 지냈던 사이인지라 우리의 가족사에 관해서는 모든 것을 알고 있었다. 나를 끔찍하게 위해 주는 동생이다 보니, 그 얼토당토않은 말에 화가 잔뜩 난 것이었다. 동생의 말을 듣고 있자니 온몸이 부들부들 떨려왔다. 대체 사람들은 왜 그렇게 말을 함부로 지어내는 것일까? 사람들은 장난삼아 연못의 개구리에게 돌을 던지지만, 그 돌을 맞은 개구리는 죽을 수도 있다고 했다. 내가 그 꼴이었다. 숨이 턱턱 막히고 세상 사람 모두가 싫어졌다.

어느 날인가는 길에서 마주친, 같은 아파트에 살던 여자가 내게 묻는 것이었다.

"재혼했다면서요?"

이혼이 아니고 재혼? 나는 내가 잘못 들었나 싶었다. 그러나 그 여자는 생글생글 웃으며 말했다.

"재혼한 분이 직장 퇴직하고 할 일 없어서 개인택시 한다면서요? 엄청 부자라서 언니가 타는 차도 제일 큰 차로 바꿔 줬다고 하던데……."

이건 또 무슨 아주까리 동동 입에 문 귀신 이야기야?

택시 탈 일은 거의 없지만, 어쩔 수 없는 경우에 몇 번인가 이용한 적이 있었다. 내가 택시 타는 모습을 본 누군가가 아주 구체적으로 이야기를 만든 모양이었다. 남의 슬픈 가정사를 제대로 알지도 못하면서 수다 거리로 함부로 지어내는 사람들이 많다는 것을 알게 된 그 상황에서 웃어야 할지 울어야 할지, 참 난감하고도 슬펐다.

대중목욕탕에 갔을 때의 일이다. 샤워를 하고 있는데, 여자 둘이서 계속 나를 쳐다보며 수군댔다. 나는 그 여자들을 알지 못하였으나, 내가 남편의 가게에 나가 있던 중에 나를 보았던 여자들일 수도 있었다. 처음엔 모르는 척 외면했으나, 대놓고 쳐다보면서 수군거리는 여자들의 속닥거림이 오래도록 지속되자 불쾌감보다 당혹스러움과 모멸감으로 더 이상 목욕을 할 수가 없었다. 나는 얼른 샤워를 마치고 나왔다. 괜스레 온몸에서 기운이 빠지고 눈물이 났다. 대체 내가 무엇을 그리 잘못했기에, 그토록 흉물스런 눈길로 흘깃거리며 수군대는 것일까? 아무리 생각해 봐도 이유는 단 하나, 이혼했다는 것밖에 없었다.

그 일이 있고서 몇 년 동안은 대중목욕탕 근처도 가기 싫었을 정도로 상처가 깊었다.

여자들에게 이혼이란 그런 것이었다. 이혼한 사람의 등에 채찍을 휘두르며 고통을 주는 것은 다름 아닌 나와는 전혀 상관없고, 나를 제대로 알지 못하는 사람들이었다. 이후에도 실제 상황과는 전혀 다른 얼토당토않은 이야기들이 내 뒤를 계속 따라다녔다. 이혼한 나를 따라다니는 주홍 글씨의 실체는 나도 알지 못하는 누군가가 날마다 새롭게 지어내는 이야기를 따라 점점 짙어졌다. 해명하는 것도 그들에게는 핑계처럼 들릴 뿐이었다. 사람들은 나의 진정한 삶을 이해하려고 하기보다는 이혼했다는 사실에만 관심과 호기심을 드러냈다. 마치 동물원 동물이 된 느낌이었다. 사람 만나는 것이 공포로 다가왔고 내 삶이 억울해서 견딜 수가 없었다. 급기야 사람들 시선이 너무도 두려워서 외출하는 것마저 극히 꺼리게 되는 대인 기피증마저 생겼다.

　이혼을 하고, 나는 참 많이 울었다. 이혼을 해서가 아니었다. 결혼 생활 동안 너무도 황량했던 나 자신이 지극히 가여웠고, 수많은 헛소문과 악담에 시달리느라 고통스러웠으며, 아빠의 사랑을 담뿍 받고 살던 아이가 갑자기 아빠와 헤어지게 된 사실이 너무도 가슴 아파 흘린 눈물이었다. 하지만 언제까지나 눈물이나 흘리고, 헛소문에 시달리며 나를 옥죈 채 살 수만은 없었다. 어떡하든 아이와 함께 살아가야 하는 현실의 낭떠러지에 다다른 것이었다. 사람들의 싸늘한 시선이 싫고 두렵기는 했지만 그렇다고 해서 마냥 피할 수만은 없었다. 어떡하든 살아야 했다. 하지만 막막했다. 직업도 없는데 이제 막 초등학교에 입학한 어린 딸과 앞으로 어떻게 살아야 하나. 사람들의 저토록 차가운 시선을 어떻게 감당해야 하나라는 생각이 들자, 끝이 보이지 않는 어두운 터널을 헤매는 것만 같았다.

　남편과 헤어져 홀로 된다는 것은, 이제 나답게 내 이름값을 하며 살아야 한다는 것을 의미했지만, 이혼을 한 나는 너무 무력했다. 홀로 된 자유 앞에 드리워진 사막과 협곡을 어찌 건너야 하는지도 모른 채 그저 방황할 뿐이었다. 홀로 된다는 것은 자유 이전에 너무도 가혹한 시련을 견뎌내고, 건너야만 했다. 그러나 마음은 남편과 살 때보다 훨씬 편했다. 무겁기만 했던 남편이라는 존재를 감당하지 않아도 되는 것에 자유가 느껴졌다. 나는 어떡하든 그 자유를 고수하고 싶었다. 그러려면 우선 내가 내 자신에게 당당해져야만 했다.

'그래, 아이를 낳고 산 남편하고도 헤어졌는데, 두려울 것이 뭐가 있겠어. 까짓것 사람들이 수군대거나 말거나 신경 쓰지 말자. 나는 나야. 나는 이혼한 것이지 죄를 지은 건 아니잖아. 그러니 떳떳해지자. 사람들에게 내가 먼저 이혼했다고 말할 수 있게끔 당당

해지자.'

수없이 나에게 주문을 걸면서 오기로 세상 밖으로 한 걸음씩 걸어 나갔다. 가끔 아르바이트를 하면서 나의 삶, 아니 구체적으로 이혼을 궁금해 하는 이들에게 먼저 말했다.

"저, 이혼했어요. 왜 이혼했냐구요? 궁금해요? 그럼 오백 원!"

그러자 사람들은 나를 보며 활짝 웃었다. 그러고는 더 이상 내 이혼에 대해 궁금해 하지 않았다. 내가 나에게 자신감을 불어 넣자 자존감도 조금씩 높아지기 시작했다. 사람들에게 이혼을 당당하게 말한다고는 했지만, 처음에는 횟횟하고 무언가 움츠러드는 기분이었다. 하지만 호기심 어린 눈초리를 받는 것보다는 그편이 훨씬 나았다. 사람들이 주저주저하며 호기심을 드러내면 오기로 라도 이혼했음을 먼저 말했다. 그러자 가슴 속 가득하던 응어리가 조금씩 풀어지는 것이 느껴졌다. 어느 순간 움츠렸던 어깨가 펴지고 있음을 알 수 있었다. 그러면서 조금씩 진정한 자유를 느끼기 시작했다.

이혼은 죄가 아니다. 단지 그것에 죄책감을 느끼는 자신이 문제일 뿐이다. 홀로 된다는 것은 자기 자신을 회복하며 자기 이름값을 하면서 산다는 것이다. 홀로 된 자유는 그 자체로도 값지다. 홀로 됐으므로, 그전보다 더 열심히 살면 된다.

재혼의
굴레

아직도 혼자 흐르는 것에

익숙하지 않은 바다는

제 몸을 비틀다 잠이 들었다

얼마나 아프더냐

얼마나 아프더냐

생채기로 점증하는 붉은 꽃

－상처－

이혼을 하고 나면 제일 먼저 찾아오는 두려움이 경제력이다. 부부가 함께 직장 생활을 하는 경우는 조금 다르겠지만 전업주부라면 남편과 함께 살 때는 어찌 되었든 가정의 경제를 책임진 남편이 있었기에 넉넉하지는 못하더라도 경제적으로 의지하며 살게 된다. 하지만 이혼 후 막상 그 누구의 도움도 받지 못한 채 혼자의 힘으로 살아가려면 두려움과 막막함이 앞선다. 여성들이 이혼 후 경제적으로 어려움을 겪을 때 누군가 도움을 준다면, 그것이 남자라면 비정상적인 속도로 그 남자에게 의존하게 된다.

혼자가 되어 보면 알 수 있다. 캄캄한 세상 속에서 의지할 곳 없이 혼자서 모든 어려움을 헤쳐 나가야 한다는 것이 얼마나 무섭고 고통스러운 것인지를. 홀로 자녀의 양육을 감당하는 것이 얼마나 어려운지. 나를 보살펴 줄 울타리가 없다는 것이 얼마나 서러운지를. 혼자서 보내야 하는 그 숱한 밤이 얼마나 슬프고 외로운지. 그렇기 때문에 그것을 견디지 못하고 빠른 시간에 재혼을 하게 되는 경우가 많다.

대부분 경제적 의존도가 높을수록 재혼이 빨라지는 경향이 있다고 한다. 나 또한 그러했다. 오랜 세월 남편 뒷바라지만 하다가 마땅한 직업 없이 땅이 팔리면 위자료를 준다는 쪽지 한 장 달랑 받고 이혼했으니 경제적으로 몹시 어려운 것은 당연했다.

P는 전 남편과는 정반대의 모습으로 내게 다가왔다. 그는 안정된 직장을 갖고 있었으며, 술도 많이 마시지 않았다. 무엇보다 심신이 지친 나를 다정하게 위로해 주었다. 그것이 아마도 P를 선택한 동기였을 것이다.

나는 딸을 데리고 생각보다 빠르게 재혼했다. P의 아이들은 착했고 나를 잘 따랐다. 어린 시절부터 엄마 없이 자란 아이들이 가여워 진심으로 아이들에게 잘 대해 주자 표정이 밝아진 P의 아이들은 내 딸을 친동생처럼 아끼고 위해 주었다. 셋이 모여 깔깔거리는 모습을 볼 때면 마음이 저절로 흐뭇해지곤 했다.

그러나 항상 섣불리, 급히 먹는 음식이 체하는 법이다. 나는 체한 것이 아니라 완전히 속이 뒤집혀 위액까지 죄다 토해 내는, 그야말로 끔찍한 급체였다. 앞뒤 생각 없이 너무도 빠르게 한 재혼은, 내가 내 발등뿐 아니라 온몸을 도끼로 찍은 꼴이 되었다. 짧은 재혼 생활 동안 처절하게 재혼은 결코 서둘러서는 안 된다는 것, 재혼하기 전에 사람을 속 깊이 알아야 한다는 것을 절감했다. 결국 재혼 생활은 내 인생에서 도려내고 싶은 가장 서글프고 고통스런 삶의 한 부분이 되었다.

재혼한 P는 눈뜨는 아침부터 시작해 하루 종일 사랑한다는 말을 입에 달고 살았다. 처음에는 그 말이 진실이라고 믿었으나 나중에는 입에 발린 소리인 것을 알게 되자, 사랑한다는 그 말이 너무도 끔찍했다.

나를 만났을 당시 P는 거의 술을 마시지 않았다. 그저 반주로 약간 곁들일 뿐이었다. 나는 그것이 참 좋았다. 그러나 웬걸, P는 애

원하다시피 서둘러서 혼인 신고를 마치고 나더니 어느 순간 본색을 드러내기 시작했다. 재혼을 하면서 나는 직장엘 다녔는데, P는 어쩌다 있는 직장의 회식조차 참석하지 못하게 하는 것은 물론 거침없이 술을 마시고 주사를 부리기 시작했다.

P는 겉으로 보기에는 자신만만하고 멀쩡해 보였지만 속으로는 자기 비하와 열등감이 가득 찬 사람이었다. 평소엔 얌전하다가도 화가 나면 주체를 못하고 물건을 집어 던지는 것은 예사였고, 술만 마시면 폭언에 폭행을 했다. 술을 자주 마시지는 않지만, 술만 마시면 귀신에 빙의라도 된 듯 갑자기 눈동자와 얼굴이 변하면서 딴사람이 되었다. 술만 마시면 미친개가 되는 사람이 있다는데, P는 미친개가 아닌 그보다 더 무서운 사이코패스 귀신이 되는 것이었다.

P는 서로 싸우는 중에 물건을 부수거나 폭행을 하는 것이 아니었다. 술에 취하면 가만히 앉아 있다가도 갑자기 돌변하여 주먹을 날리거나, 자다가 벌떡 일어나 머리채를 휘어잡는 식이었다. 그러니 P가 술만 마시면 온 집안이 비상이었다.

알고 보니 70대인 시어머니도 시아버지에게 맞으며 살았고, P의 전처도 폭력을 견디다 못해 이혼한 것이었다. 자신의 자녀들에게도 주먹을 휘두르는 P의 폭력은 끔찍한 대물림이었다. 사실을

알고 나자 너무도 공포스러웠다. P에게 맞고 자란 P의 자녀들은 자신의 아버지가 술을 마시고 올 때마다 전전긍긍하며 나를 보호하려 애썼다. 어느 땐 나를 보호하다가 오히려 자신들이 맞을 때도 있었다. P는 바깥에서 술을 마시고 행패를 부리다 경찰서에 잡혀간 적도 여러 번이었고, 집에 오면 폭력을 쓰니 견딜 수가 없었다. 사는 게 불구덩이 지옥이었다.

재혼한 사람들은, 타인의 눈총을 받고 싶지 않아서라도 모질게 참고 사는 경향이 있다. 반대로 아이를 낳고 살던 사람과도 헤어졌는데, 왜 이 사람과 모진 인연을 이어 가야만 하나 하는 생각이

들기도 한다. 나 역시 그랬다. 한 번 이혼했는데, 또 이혼할 수는 없다는 생각이 나를 짓눌렀다. 그럼에도 너무 고통스러울 때에는, 애 아빠와도 이혼했는데 대체 내가 왜 이런 추악한 인간하고 살아야 하나, 자괴감과 분노에 시달렸다. 또 다시 자존감이 바닥을 치기 시작했고, 내 팔자는 대체 왜 이런가 하는 우울증에 시달렸다.

처음엔 어떡해서든 P의 귀신 놀음을 고치며 살리라 다짐도 했지만, 그것은 다짐만으로 해결될 문제가 아니었다. P의 사이코패스 귀신 놀이는 결코 변하지 않을 것이었다. 깊은 강을 건너자 험준한 협곡이 가로 막고 있다더니, 내가 꼭 그 짝이었다. 결국은 사람을 알아보는 눈이 최악인 나를 탓해야 했지만, 나를 탓하는 것도 끔찍하고 서글펐다.

폭력으로 집안이 한 번씩 뒤집어 질 때마다 P는 "변하겠다."며 몇 달 동안 술을 끊었다. 그러곤 더욱더 다정하고 살갑게 굴었다. 그것 또한 너무도 소름끼쳤다. 사람은 결코 자기 버릇 남 주지 않는다. 하다못해 아까워서 버리지도 못 한다. 전 남편의 버릇도 절대 고쳐지지 않았듯이, P의 귀신 놀음 또한 결코 변하지 않았다.

P의 폭력성은 직장에서도 오랫동안 문제가 되어 결국 해고되고 말았다. 그러던 어느 날, 술이 취해 들어온 P에게 느닷없이 맞아 고막이 세 곳이나 터졌고, 신고를 받고 출동한 경찰에 의해 간신

히 도망칠 수 있었다. 이후 치료를 받았지만 맞은 귀의 청력을 손실 당해 오른쪽 귀는 거의 소리를 듣지 못하는 지경에 이르렀다. P에게 호된 폭력을 경험하면서 나의 자존심은 최악으로 곤두박질치며 손상 당했다. 자존감은 바닥을 뚫고 내려가 지하에서 헤맸고, 분노는 극을 향해 치달았다. P를 죽여도 속이 풀리지 않을 만큼, 하늘을 찌르는 분노로 인해 영혼이 갈가리 찢긴 것만 같았다. 사는 것이 죽는 것보다 더 힘들다는 생각이 자주 들었다.

그날은 어쩌면 해가 쨍쨍했을 테고, 아니 어쩌면 날이 흐렸는지도 모르겠다. 죽기 위해 15층 옥상으로 올라가 세상에 대한 모든 미련을 버리려 할 때였다. 내 행동을 눈치 챈 P가 경찰에 신고를 했는지, 경찰이 P와 함께 옥상으로 올라왔다. 조심스럽게 경찰이 내게 물었다.

"자녀가 있지 않은가요?"

경찰의 말끝에 딸의 얼굴이, 엄마가 죽고 나면 천덕꾸러기가 될지도 모를 딸의 모습이 모질게 가슴팍을 후벼 팠다. 딸이 엄마, 엄마 울면서 나를 애타게 부르는 것만 같았다. 세상에 둘도 없는 내 자식이 눈물을 흘리는 모습이 스쳐갔다. 왈칵 눈물이 쏟아졌다. 세상에 하나밖에 없는 딸을 가엾은 천덕꾸러기로 만들 수는 없었다. 그러면 죽어도 죽은 것이 아니었다. 나는 두 다리를 난간 아래 걸쳐 놓은 채 주저앉아 하염없이 울었다. 눈물이 끝도 없이 흘렀다.

내가 죽고 나면, 친아빠를 찾아가기 전에 단 몇 시간이라도 P에게 남겨질 딸을 생각하니 갑자기 정신이 번쩍 들었다. 나 없이 P의 면전에 단 몇 초라도 딸을 남겨둘 수 없었다. 생각만으로도 그건 너무 끔찍했다. 죽더라도 딸을 아빠에게 보내고 죽어야 했다. 오랫동안 내 울음을 지켜보던 경찰이 가만히 내 손을 잡았다. 따뜻했다. 그 손길이 너무도 따뜻해서 눈물이 또 왈칵 쏟아졌다.

나에게 딸이 없었다면 나는 아마도 진즉에 이 세상 사람이 아니었을지도 모른다. 나는 결국 딸로 인해 제2의 인생을 살고 있는 것이다.

15층 옥상에서 내려 온 이후, 나는 어떡하든 이혼해야 한다는 결심을 아주 독하게 했다. 무슨 일이 있어도 P의 손아귀에서 벗어나야만 했다. 그래야 나와 딸이 제대로 사람답게 살 수 있었다.

사람은 사람과 살아야 한다. 그것도 인성이 좋은 사람과 살아야 행복하다. 결코 귀신하고는 함께 살 수 없는 법이다. 나는 무슨 수를 써서라도 귀신의 손아귀에서 벗어나야만 했다. 결론과 행동은 빠를수록 좋은 법이다. 나는 딸과 함께 집을 나왔고, P와 이혼하기 위해 정말 죽을힘을 다했다. 그리하여 결국 이혼에 성공했다. 그야말로 불구덩이 지옥에서 탈출한 인간 승리였다. "하느님 감사합니

다, 아멘. 부처님 고맙습니다, 나무아미타불.”이 저절로 방언처럼
터져 나왔다.

홀로
서기

살아 있는 것에 감사하는 오후
창가에 걸터앉은 햇살에
새파랗게 언 뼈를 녹입니다
-아무 곳에도 없는 시간-

두 번의 이혼. 타인이 생각하기엔 정말 억세게 팔자 사나운 여자라고 평가 절하할지 몰라도, 내게 두 번의 이혼은 보다 넓은 세상과 인간의 면면을 좀 더 깊이 볼 수 있게 만든 성장의 힘이기도 하다.

만약 내가 이혼하지 않고 평범한 일상을 살았더라면 타인의 슬픔에 대해 깊은 공감을 하지 못했을지도 모른다. 혹은 좋지 않은 상황에 처한 사람을 위로한답시고 결국엔 상처를 주는 일이 많았을지도 모른다. 하지만 두 번의 이혼을 겪는 동안 다양한 세상사에 대해 알아버렸고, 그것은 내가 이해하고 극복해야 할 대상이자 내 삶에 대한 책임이라는 것을 알았다. 그럼으로 인해 세상사 어려운 일이 닥칠 때마다 보다 더 굳건한 믿음과 희망으로 헤쳐 나갈 힘을 얻었다. 그뿐 아니라 사람의 일상에 대한 이해도 더 넓어졌고 아픔과 슬픔을 공감할 수 있는 깊이도 깊어졌다. 아픔을 공감할 수 있다는 것만으로도 세상에 이해하지 못할 일이라는 것은 거의 없다는 것을 알 만큼 득도(?)했다고나 할까.

그럼에도 불구하고 나는 뽀독뽀독 새하얗게 빨래를 빨 듯 지난날을 깨끗하게 지워버리고 싶었다. 두 번의 이혼이 나를 정신적으로 성장시켜 준 것은 사실이지만, 내가 겪어내고 참아내야만 했던 일련의 일들은 너무도 고통스러웠기 때문이다. 더군다나 재혼 생활은 생각만 해도 아직도 정신이 아득해질 만큼 상처가 너무 깊다.

한편으론 나도 제대로 된 가정을 이루고 아이를 예쁘게 키우며 알콩달콩 살고 싶은 욕구가 컸음에도, 제대로 이루지 못한 것에 대한 회한이 깊은 것도 사실이다. 그러나 어쩌랴. 내 인생은 이미 이리도 험난하게 걸어왔어야만 하는 것을.

폭력을 휘두르던 P에게서 해방되고 나니, 애 아빠와 이혼했을 때와는 달리 사람들은 P와 이혼한 것을 기쁜 마음으로 축하해 주며 위로해 주었다.

"이혼 정말 잘했다. 불구덩이 속에서 잘 빠져 나왔네."

"이혼 못할까 봐 걱정했어. 이혼 축하해. 이제 좋은 일만 있을 거야."

나는 주위 사람들의 축하와 위로가 너무도 고마워서 남 몰래 많이 울었다. 세상이 절망으로 보였을 때, 주위의 지인들이 무지개다리를 세워 주며 힘과 용기를 주었다. 나는 그들 때문에 살아가야 할 용기를 몇 배로 얻었으니, 더 열심히 살아야 한다고 다짐했다.

하지만 정신적으로는 성장했을지라도, 현실은 딸과 함께 세상을 살아가기 위한 경제적 자립이 우선이었다. P의 살기 어린 폭력과 주사로 인해 직장마저 그만 둔 상태인지라, 오뚝이처럼 홀로 서기 위해서라도 당장 직장을 구해야만 했다. 다행히 먼저 다니던 직장에서 다시 나를 채용하였다. 세상에, 그리 기쁠 수가 없었다. 많지는 않지만 나와 딸을 그나마 책임져 줄 월급을 받을 수 있는 직장이 생긴 것이었다. 역시 그때도 방언이 터져 나왔다. "부처님 감사합니다, 나무아미타불! 하느님 고맙습니다, 아멘!" 나는 아멘 타불을 흥얼거리며 만나는 모든 이에게 함박꽃처럼 웃었다.

그러던 중 딸과 함께 사는 집이 계약 만료가 되어 이사해야 할 형편에 이르렀다. 더군다나 우리가 사는 집을 알아낸 P가 허구한

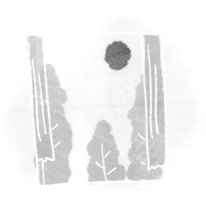

날 집 주변을 어슬렁거리며 술을 먹고 문을 두드려대니, 무서워서라도 하루 빨리 이사해야 했다.

어린 딸을 데리고 이집 저집 이사 다니는 것은 생각만 해도 몹시 서글펐다. 집을 구하러 다니는 내 신세가 너무 처량 맞게 느껴졌다. 그러다 전세를 보러 간 아파트 중 한 가구가 시세보다 싸게 매물로 나왔다는 것을 알게 되었다. 나는 그 집이 마음에 들었다.

지방은 대도시에 비해 아파트 가격이 생각 외로 싼 편이다. 나는 아파트 시세가 전셋값과 비슷할 정도로 떨어졌을 때, 대출을 많이 받아서 작은 평수를 구했다. 대출은 벌어서 갚으면 된다는 각오였고, 가장 큰 이유는 더 이상 아이와 함께 떠돌이 생활을 하기 싫어서였다. 나는 무조건 집을 샀다.

　아파트로 이사를 하자 본격적으로 고달픈 생활이 시작되었다. 아이와 둘이 살아가기 위해서는 생활비는 물론이고 교육비도 필요했으며, 아파트 가격의 절반이나 되는 대출 이자를 갚아야 하는 현실이 눈앞에 있었다. 대출을 많이 받아 집을 샀기에, 월급만으로는 대출금은커녕 이자도 제대로 내기 힘들었다.

　궁리 끝에 퇴근 후에 아이들 가르치는 일을 시작했다. 아침에 출근해서 일하고, 퇴근하고 나면 저녁 먹을 새도 없이 밤늦게까지 아이들을 가르쳤다. 고단하고 힘들긴 했지만, 그렇게 해야 조금이나마 빚을 갚으며 아이와 함께 생활할 수 있었다.

　때마침 출판사에서도 책 출간 의뢰가 들어와 아이들 가르치는 일이 끝나면 졸음을 참아가며 글을 썼다. 쉬고 싶은 유혹이 그림자처럼 달라붙었지만 휴일에도 아르바이트를 하며 쉬지 않았다. 돈도 벌어야 했지만, 한편으로는 악착같이 살지 않으면 어느 순간 내 자신이 해이해지고 무너질 것만 같아 미친 듯이 일에 매진했다. 어느 해인가는 1년 동안 집에서 쉰 날이 20일 정도 밖에 되지 않았던 적도 있었다. 어떻게 시간이 흐르는지도 모르게 바쁘게 살았지만, 아이와 함께 살 수 있는 보금자리가 있다는 것만으로도 행복했다.

열심히 살아가니 주위 사람들도 나를 도와주기 시작하였다. 아르바이트 거리가 있으면 먼저 연락했고, 먹을 것이 있으면 나누어 주었다. 나를 만나면 환하게 웃으면서 용기를 북돋아 주었다. 나는 그들에게서 힘을 얻으며 더 열심히 일했고, 날마다 긍정적인 힘을 달라고 기도했다.

속 썩이는 남편이 없으니 스트레스 받는 것이 없어 좋았다. 열심히 살다 보니, 경제적으로 넉넉하진 않더라도 아이와 함께 살아갈 만큼은 되었다. 그러나 너무 열심히 살아서인지 어느 순간 몸과 마음이 지치기 시작하였다. 피로도가 쌓이자 몸 여기저기에서 아프다고 비명을 질렀다. 몸이 아프니 마음도 함께 병들기 시작해 사는 것에 짜증이 나기 시작했다.

사춘기가 본격적으로 시작된 아이와 함께 보내는 시간이 없는 것도 문제였다. 내가 아이들을 가르치는 동안 밤늦은 시간까지 딸은 혼자 지내야 했던 것이다. 아이도 힘들고 나도 너무 고단했다. 무언가 결단을 내려야만 했다. 생각 끝에 아이들 가르치는 것을 그만 두고 그 시간을 활용해 글을 쓰기 시작하였다.

시인으로 등단하여 결혼 생활 동안 시집 두 권을 냈었는데, 홀로 된 이후 혼자만의 시간이 많아지자 본격적으로 시를 쓰고, 동화도 써서 발표하였다. 책 출간 횟수가 잦아지면서 어느새 출판사에서 먼저 책 출간 의뢰를 요청 받는 작가로 성장하게 되었다. 내가 사는 지역에서도 책을 출간할 일이 있으면 우선 나를 찾아주는 반가운 일이 일어났다. 사는 게 점점 신나기 시작했다.

그러고 보니 이혼을 참 잘했다는 생각이 든다. 결혼 생활을 계속 유지했다면 과연 내 이름을 걸고 내 인생을 제대로 살 수 있었을까? 그렇지는 않았을 것이란 생각이 들었다. 나는 결코 나답지 못하게 스트레스를 왕창 받으면서 그냥 저냥 살았을 것이다.

그러나 이혼 후 홀로 서면서 내 이름에 걸맞게 살려고 노력했으며, 그 결과 마침내 내 이름을 세상에 내놓았다. 그것만으로도 내 인생은 성공했다고 볼 수 있다.

인생은 어차피 혼자 외롭게 가는 기나긴 여정이다. 긴 여정 속에서 홀로 선다는 것은 두려움이기도 하지만 가시덤불을 헤치고 나오면 보다 멋진 길이 기다리고 있음을 아는 일이기도 하다. 홀로 서기에 성공하면서 나는 내 이름으로 잘 살아가고 있고, 앞으로도 그렇게 살아갈 것이다.

긍정과
감사의 힘

눈물 없이 산 세월보다

길 끝에서 산 세월이

더 많았던 것은

저 깊은 바람 속에

홀로 서 있는 것이

때론 몹시 허약했기 때문이다

－세월－

　이혼 후에는 타인들의 곱지 않은 시선이 부담되는 것도 사실이
지만, 그에 앞서 스스로 좌절감에 빠지게 된다. 갑자기 세상에 홀
로 서게 되었으니 어떻게 살아야 할지도 모르겠고, 아이를 어떻게
키워야 할지도 두렵고, 세상사가 겁나는 것도 당연하다. 누가 무어
라 하기도 전에 괜스레 주눅이 들고 세상과 사람들 앞에서 당당함

이 줄어드는 경험을 하게 된다. 그러다 보면 스스로 마음의 문을 닫고 자신만의 세상에 갇혀 우울해진다.

그러나 그 모든 악 조건에도 불구하고 당당하게 일어서야 한다. 이혼 후에는 누군가의 아내 혹은 남편으로 사는 게 아니라 '나 자신'으로 살아야 하기 때문이다. 좌절하는 대신 오기로 버티고, 주눅 대신 당당함을 가져야 하며, 누가 내 흉을 보든 말든 무시해야 한다. 호기심뿐인 그들은 결코 내 인생을 대신 살아 주지 않는다. 내 인생을 살아가는 것은 오롯이 내 몫이다.

이혼 후, 타인들이 내 삶을 안주 삼아 떠들어 대는 것만 같아 사람 만나는 것이 공포였던 세월이 있었다. 그렇게 살다 보니 자꾸 자신감이 떨어졌다. 세상 밖으로 나가는 것도 두렵고, 무엇을 어떻게 해야 할지 방향조차 가늠할 수 없게 되어 갔다. 나는 자꾸만 작아지는 내 모습을 어디에서도 찾을 수 없는 것 같아 불안했다. 그러던 어느 날 문득 이런 생각이 들었다.

'내가 힘든 결혼 생활을 할 때나, 이혼했을 때나 타인들은 나에게 단 돈 1원도 보태 준 적이 없고, 내게 위로조차 건네지 않았는데 왜 내가 그들의 눈치를 봐야 하지? 나는 떠들기 좋아하는 그들의 먹잇감이 되기 싫어. 지들 맘대로 떠들든가 말든가, 이혼이 뭐, 어때서? 나는 나답게 당당하게 살 거야.'

나는 사람들의 오만한 시선 앞에서 비굴하게 고개를 떨구기 싫었다. 나는 오기로라도 사람들 앞에서 당당하게 행동하기로 했다. 그들이 내 삶을 비웃는 동안 나는 오히려 그들의 위선적인 행동에 코웃음을 치며 내가 먼저 그들 속으로 들어갔다. 결코 보고 싶지 않았던 사람일지라도, 심정이 상해 웃고 싶지 않아도 상대를 향해 일부러 활짝 웃었다. 누군가 내가 이혼한 것을 알고 싶어 하는 눈치면, "나, 이혼 두 번 했어요."라고 미리 상쾌한 목소리로 말했다. 그러면 상대방은 잠시 머쓱한 표정을 짓다가 이내 마음을 열었다. 내가 먼저 그들 속으로 들어가 그들의 마음 속 문을 노크하자 그들도 더 이상 나를 내치지 않았다. 보란 듯이 마음의 문을 활짝 열자 상대방들도 마음을 열고 더 이상 내 이야기로 수군거리지 않았다. 그들이 호기심 삼아 떠들어 대고 싶어 하는 이야기를 내가 먼저 해 버렸기 때문에, 더 이상 수군거릴 재미가 없어진 것이다. 사람들과의 만남을 오기로 시작했지만 이내 사람들과 소통하면서 나는 잃었던 자신감을 조금씩 회복해 갔다.

이혼하게 되면 삶의 막막함에 시달리는 것도 사실이다. 그러나 경험한 바로는 막막함에 시달리고 사람들의 시선을 회피하는 것이 아니라 '무엇을 해야 나다울까' 하는 고민부터 해야 한다. 사람은 어떤 생각, 어떠한 행동을 하느냐에 따라 삶의 위치가 달라진다. 혼자만의 삶을 선택했을 때에는 나다움을 찾으면서 활력 있게 사는 것이 중요하다. 나다움을 찾지 못하면 방황하게 되고 그러다 보면 우울증이 찾아오기 쉽다. 가족의 해체와 자녀 문제, 경제적 문제 등으로 인해 스스로의 삶을 비하하기 때문이다.

두 번의 결혼 생활 동안 나는 두 번이나 스스로 목숨을 끊으려고 했었다. 그만큼 사는 것이 정신적으로 고달팠기 때문이기도 했지만 우울증도 깊었을 것이다. 혼자 사는 사람들에게는 우울증이 쉽게 찾아온다. 결혼을 유지하고 있는 사람들에게 굳이 깊은 상처를 보여 주고 싶지 않기 때문에 마땅히 속 깊은 대화를 나눌 상대도 없다. 그렇기에 더욱 외로워져서 마침내는 마음을 문을 닫게 되고 우울이 찾아오게 되는 과정을 겪게 된다.

무서운 우울이 친한 친구처럼 찾아오기 전에 의식적으로라도 긍정적인 사고를 갖고 살려고 노력해야 한다. 나는 이혼 전의 우울했던 감정을 털어 버리고 보다 긍정적인 마음을 가지려 무척 노력했다. 감사할 것이 없을 것 같은 일에도 무조건 감사 거리를 찾아 감사의 마음을 갖고자 했다. 절망의 밑바닥에서 일어나기 위해 의식적으로 끊임없이 긍정과 감사의 힘으로 나를 일으켜 세웠던 것이다. 나는 어떠한 상황에서도 무조건 좋게 생각하고, 무조건 웃고, 눈물이 나려고 하면 무조건 걸었다.

참으로 이상한 것은 사람의 마음이다. 불구덩이 지옥에서 살았던 재혼 생활 동안 나는 눈물을 흘리지 않았다. 사는 것이 얼마나 고통스럽던지, 눈물샘 마저 말라버렸다는 생각이 들 정도였다. 그런데 막상 이혼하고 나니, 눈물이 어찌나 많은지 슬픈 글귀만 봐도 눈물이 주룩 흘러내리곤 했다. 눈물을 참을 수 없을 때는 이불을 뒤집어쓰고 목이 쉴 때까지 울었다. 그러면 마음이 조금 평안해졌다. 그러한 일들을 수도 없이 반복했다. 절망에 쓰러지면 다시 일어나고, 쓰러지면 또 다시 일어나면서 울었다. 수도 없이 흘린 눈물은 아직도 철철 넘쳐서 지금도 너무나 잘 운다. 그리고 보니 눈물 많은 것은 체질인가 보다.

'웃고 싶지 않아도 방싯 거리며 웃고, 울고 싶을 땐 이불 뒤집어쓰고 울고, 무조건 긍정의 마음으로 감사하면서 살기' 이것이 이혼한 뒤 '나답게 살기'의 핵심이었다. 그랬더니 내게는 올 것 같지 않던 행복이 무지개를 타고 오는 것을 보게 되었다. 고난 끝에 낙이 온다는 말은 진실이다. 행복하지 않아 이혼했는데, 이혼 후의 삶도 우울하다면 그 얼마나 슬픈 일인가. 이혼 전의 삶에 무게를 두면 인생이 슬퍼진다. 그러니 앞으로 남은 생을 어떻게 하면 행복하게 잘 살아갈 수 있느냐에 초점을 두어야 한다. 그래야 열정적으로 살 수 있고 행복한 삶을 영위할 수 있다.

긍정의 마음으로 열심히 살면서 행복한 모습을 보이면 멈칫거리던 사람들조차 나를 응원하고 도와주려고 한다. 긍정과 감사로 살다 보면, 그동안 수군거렸던 사람들 모두 적이 아닌 동지이자 형제로 변하는 마술 같은 일도 벌어진다. 실제로 내가 겪은 일이다. 내 주위에 있는 사람들은 나를 살아가게 하는 힘이다. 사람이 재산이다. 그뿐 아니라 긍정적인 생각과 감사하는 마음은 세상에 널려 있는 행복을 찾아서 가져다준다. 긍정과 감사의 힘으로 이혼 전보다 더 행복하게 살자. 당당하고 자유롭게!

홀로 아이를
키운다는 것은

소주를 마시다가

술잔에 핀 찔레꽃을 보고는

그만 울어버렸어요

이 나이에도 엄마가 보고 싶어

내 딸처럼 그저 엉엉 울었지요

- 찔레꽃 -

아이 아빠와의 결혼 생활은 행복하지 않았다. 하지만 행복하지
않다고 해서 모두 불행한 것은 아니었다. 나름 행복했던 시간들도
많았을 테지만, 슬픔과 고통에 젖어 있는 시간이 훨씬 더 많았기
때문에 행복하지 못했다고 느낄 뿐이다.

이혼 후, 아이와 단 둘이 살게 되면서 아이 교육을 어떻게 해야
하는지에 대한 혼란에 빠졌다. 아빠의 역할이 반드시 필요함에도

불구하고, 나 혼자서 엄마 아빠 역할을 다 해야 하는데, 과연 그것이 가능한지 의문이 들 때면 속절없이 속이 아파왔다.

이혼하게 되면, 부모는 물론이고 아이들 또한 혼란에 빠지는 것은 자명한 사실이다. 아이들은 이혼으로 인해 양측 부모 또는 어느 한쪽의 부모를 잃어버린다는 충격적인 상실 때문에 신체적, 정신적으로 취약할 수밖에 없다. 함께 살던 엄마 아빠가 어느 날 각자 흩어지고, 엄마 혹은 아빠와만 살아야 하는 현실을 받아들이기가 쉽지 않은 것이다. 더군다나 왜 그래야 하는지 이해하기까지는 오랜 시간이 걸릴 수밖에 없다.

내 딸도 마찬가지였다. 어느 날 갑자기 왜 아빠를 볼 수 없는지, 왜 엄마와 단 둘이서만 살아야 하는지를 어린 딸은 이해하지 못했다. 나 또한 전적으로 아이의 양육과 교육을 떠안게 되면서 어찌할 바를 몰랐다. 내가 우울해 하고 불안해 할 때마다 아이도 함께 불안해 했다. 딸은 깊은 밤 혼자 울고 있는 내 모습을 아직도 기억하고, 제 아빠가 소리 지르며 문짝을 발로 차던 것을 기억하고 있다. 그럼에도 불구하고 나는 딸이 부디 아빠의 좋은 모습만 기억하기를 빌었다.

전 남편은 아이에게 무척이나 다정하고 살가웠다. 밖에서 무슨 짓을 하고 왔던 간에 집에서는 아이와 함께 보내려 애썼고, 아이와 잘 놀아 주었다. 주말이면 가족 여행도 자주 갔다. 아이 아빠는 출근하지 않는 휴일이면 내가 늦잠을 잘 수 있도록 안방 문을 살며시 닫고는 집안 청소를 깨끗하게 해 놓곤 하였다. 그러곤 아이와 함께 신나게 놀았다. 잠결에 듣는 남편과 딸의 웃음소리는 세상에 더 없는 행복이었다. 딸은 그런 아빠의 모습을 늘 그리워했다. 아빠를 그리워하는 딸의 모습을 보는 것은 가슴을 도려내는 아픔이었다. 그럴 때마다 남편이 잘못한 일은 제쳐두고 아이를 위해서라도 다시 합쳐야 하는 것이 아닐까 하는 생각이 문득문득 들고는 했다.

어느 날 어린 딸에게 물었다.

"엄마가 아빠랑 다시 살아야 할까?"

그러자 딸이 의외의 대답을 했다.

"아니야, 엄마. 나는 지금 엄마랑 있는 게 너무 좋아. 아빠가 좋긴 하지만 그냥 엄마랑 둘이 살래."

눈물이 날 만큼 어린 딸에게 고마웠다.

그런 혼란스러운 와중에 나는 얼토당토않은 재혼을 했고, 아이는 또 다시 새 아빠와 어느 날 생긴 오빠들 틈에서 우왕좌왕했다. 다행히 아이는 오빠들과 금세 친해졌고, 오빠들 또한 내 딸을 무척이나 아껴 주었다. 지금 생각해도 무척이나 고마운 일이다. 그러나 재혼한 남자의 폭력으로 인해 나와 아이들은 또 다른 불행 속을 헤매어야 하는 상황에 이르렀고, 재앙에 가까운 재혼 생활의 충격에서 벗어나지 못했다. 아이와 함께 소용돌이치는 바다로 내몰린 상황이었다. 나야 내가 선택한 길이니 어쩔 수 없다손 치더라도, 아이는 무슨 죄인가 싶은 생각이 들 때마다 가슴이 홧홧한 불길에 타오르는 것처럼 저렸다. 내가 할 수 있는 일이란 아픔을 숨기고 있을 아이에게 무조건 사랑을 충분히 주는 것뿐이었다.

아이가 세상에 사람으로 태어나 처음 맞이하는 사람은 부모라는 존재다. 가장 먼저 눈을 맞추고, 엄마, 아빠라는 단어를 가장 먼저 배우며 믿고 의지하는 존재인 부모. 아이 인생에서 가장 중요한 사람은 부모이기에, 부모와의 관계가 아이의 인성을 만들어 준다고 해도 과언이 아니다.

흔히들 이혼한 가정의 아이들에게 문제가 많다고들 하는데, 모두 그런 것은 아니다. 오히려 이혼했기에 아이가 혹시 손가락질 받을까 봐 예의에 더욱 신경 쓰고 좋은 인성을 갖도록 노력하는 사람들도 부지기수로 많다. 이혼한 집의 아이는 인성이 좋지 못할 것이라는 편견을 버리는 인식의 전환도 필요하다. 일반적인 가정이 모두 행복하게만 살지 않는 것처럼, 이혼한 가정이라 해서 모두 불행한 것은 아니다. 어떻게 생활하느냐에 따라 행복과 불행의 척도가 달라지기 때문이다.

두 번의 이혼 후, 직장을 다니면서도 퇴근 후에 아이들을 가르치기 시작한 이유는 돈을 벌기 위함도 있지만, 사춘기인 딸과 함께 해야 할 무언가가 필요했기 때문이었다. 처음엔 딸을 위해 딸 또래 친구들을 모아 가르쳤다. 집에서 아이들과 함께 책을 읽고 토론하며 글을 쓰다 보니 딸에게 친구들도 생기고, 딸도 재밌어 했다. 소문이 나자 팀도 점점 늘어났다. 비록 내 시간은 없지만, 아이가 고등학생이 될 때까지 몇 년을 그렇게 하다 보니 원래 책을 좋아했던 딸은 꽤 많은 책을 읽게 되었고, 또 글을 쓰는 것에 대한 두려움도 사라졌다. 물론 사춘기는 지독하게 겪었지만.

딸이 커 가는 동안 아이 아빠는 하는 일이 제대로 풀리지 않는지 한동안 아이를 만나지 않았던 때도 있었다. 아이가 사춘기를 심하게 겪어, 딸을 만나서 아빠 역할을 해 달라고 부탁했을 때도 아이 아빠는 그러지 못했다. 속에서 울화가 치밀었지만 억지로 할 수 없는 일이었다. 아이를 양육하는 것은 경제적으로나 실질적인 삶에서나 그냥 오롯이 내 몫이었다. 너무도 힘들었지만 그래도 딸은 나를 살아가게 하는 '역동의 원천'이었다.

아이가 고등학생이 되면서 아이 아빠는 딸을 다시 만나기 시작하였다. 물론 만나는 시간은 짧았지만, 딸은 그래도 한 달에 한 번 만나는 아빠를 몹시도 좋아하였다. 참으로 다행한 일이었다. 그것만으로도 나는 몹시도 고마웠다. 아이는 아빠가 여전히 자신을 사랑한다는 것을 알고는 닫혔던 마음의 문을 조금씩 열기 시작하였다. 딸은 알고 있는 것이다. 부모가 헤어져 살고 있지만 그래도 여전히 자신을 사랑하고 있다는 것을. 그것 또한 몹시 고마울 따름이다. 딸이 대학생이 된 지금은 한 달에 한 번 아빠와 만나 술도 한잔씩 하고 들어온다. 그 모습이 보기 좋기도 하다.

행복한 부모가 행복한 아이를 만든다고 한다. 모든 부모는 과연 현재의 나는 행복한가라는 자문을 자주 할 것이다. 나 또한 그렇다. 모든 날들이 따스한 햇살처럼 행복했으면 좋으련만, 나는 때론 꽃처럼 행복하고 때론 어두운 구름처럼 불행했기 때문에 아이에게 일관된 행동을 보이지 못했다는 생각에 자책을 하기도 한다. 그럼에도 나는 여전히 딸에게 어두운 모습보다는 밝은 모습을 보이려고 부단히 노력한다.

부모가 일관된 모습을 보여야 아이도 정서적으로 안정될 수 있다. 부모 스스로 불행하다고 느끼게 되면 '불안한 부모가 불행한 아이를 만들기 때문'에 전전긍긍할 수밖에 없다. 아이를 위해서라

도 이혼한 사람일수록 자녀를 키움에 있어 행복하다고, 점점 더 행복해진다고 스스로를 세뇌 시켜야 한다.

두 번의 이혼 후, 나는 내게 시시 때때로 물었다. 물론 현재도 마찬가지다.

"나는 현재 행복한가?"

스스로 묻고 스스로 대답했다.

"그래, 적어도 결혼 생활을 유지할 때보다는 행복해."

나는 진심으로 행복한 생활을 하고 있고, 내가 행복해짐에 따라 딸의 웃음도 많이 늘어났다. 딸의 생일에 노트에다 '딸에게 감사한 100가지'를 써서 선물한 적이 있다. 딸은 100가지 감사가 쓰인 두

꺼운 노트를 받아 들고는 눈물을 글썽였다. 그러고는 나를 꼭 껴안고 말했다.

"엄마, 감사해요."

"내가 더 고맙지. 딸아, 잘 자라 줘서 고마워. 엄마 딸로 태어나 줘서 더 고맙고 행복해!"

딸과 나는 눈물이 그렁한 눈으로 서로를 마주보며 환하게 웃었다. 행복하고 감격적인 순간이었다.

딸과 둘이 살게 되면서, 나는 나에게 최면을 걸 듯 '무조건 긍정적으로 생각하기'와 '어떠한 일에도 감사할 것은 반드시 있다'는 신념으로 살았다. 결코 고맙지 않은 일에도 감사한 것을 찾아내려고 하자 정말로 감사한 것이 있었고, 감사로 인해 나빴던 일도 잊게 되는 경험을 했다. 그러자 긍정의 효과는 몇 배로 크게 나타나서 감사한 일이 점점 많아지고 행복 지수도 높아졌다. 내가 밝아지니 딸도 웃음이 많아졌다. 주위 사람들도 나를 만나면 항상 밝아서 좋다고 했다. 사는 것이 절로 즐거웠다.

어느 날 대학생인 딸에게 말했다.

"엄마는 이혼하고 정말 행복해진 거 같아. 그렇지 않니?"

"응. 좋아 보여. 엄마가 행복해 하니까 나도 좋아. 불행하게 서로 싸우면서 한집에 사는 것보다는 각자의 삶 속에서 행복을 찾는 것도 현명한 방법인 것 같애. 이혼이 꼭 나쁜 것만은 아니야."

대학생 딸의 쿨한 대답이다. 엄마의 삶을 인정해 주니 참으로 고마울 따름이다.

대학생인 딸은 나름 열심히 공부하여 장학금도 꼬박꼬박 받고 있으니 사랑스럽기 그지없다. 묵묵히 자기의 길을 열심히 걸어가는 딸에게 축복을!

내 인생은
나의 것

어둠과 밝음을 한꺼번에 잉태한 것은

바람이었고 꽃잎이었다

소리 없이 지는 것들 사이로

끊임없이 태동되는 여자의 춤

리허설은 없다

-꽃들의 리허설-

   사람은 누구나 자신답게 살기를 원한다. 혹독한 두 번의 결혼 생활을 끝낸 후, 나 역시 나답게 살기 위해 끊임없이 노력했다. 내 인생은 나만이 책임질 수 있다는 명료한 의식이 나를 이끌었다.

   '나답게 산다는 것'은 무엇일까? 누구나 한 번쯤 의문을 품었음직하다. 나 또한 스스로에게 끊임없이 묻곤 했다. 그러나 나답게 사는 것이 과연 어떻게 사는 것인지, 쉽게 결론 내지 못 했다. 살아가는 것에 급급했기에 나답게 살기는커녕 우왕좌왕하며 보낸 세월이 더 많았다. 그러다 깨달았다. 나답게 산다는 것은 결국 내가 원하는 인생을 스스로 설계하고 그에 맞게 살아가야 한다는 것을.

이혼녀라는 주홍 글씨 때문에 사람들의 곱지 않은 눈초리를 받으면서도 주눅 들지 않으려고 노력했던 것은, 내 인생을 잘 살고 싶은 욕구가 있었기 때문이다. 나는 주위에 휘둘리지 않고 하고 싶은 일을 하면서 행복한 삶을 영위하고 싶었다. 그것이 내가 나다움을 찾아가는 것이라 여겼다.

하지만 내 인생임에도 불구하고 가끔 타인에게 보여 주기 위한 삶을 살아갈 때도 있다. 내가 하는 모든 행위에 있어 타인이 어떻게 생각할까를 먼저 생각하기 때문이다. 그러나 그보다 더 앞서 생각해야 할 것은, 나는 어떤 사람인가를 먼저 깨달은 다음에 내 인생을 어떻게 살아 나가야 할지를 결정하는 것이다. 타인은 내 삶을 볼 수는 있지만 결코 내 삶을 대신 살아 주지는 않는다. 죄를 짓지 않은 이상 결코 타인을 의식할 필요는 없다. 그래야 내 인생이 온전히 내 것이 된다. 이것을 깨닫기까지 참으로 오랜 시간이 걸렸다.

100세 시대라지만 살다 보면 내가 나답게 살아갈 수 있는 인생은 그리 길지 않다. 인생은 죽을 때까지 홀로 걸어가는 고독한 여정이다. 내 삶은 그동안 충분히 아팠기에, 남은 인생은 나답게 살면서 지난 궤적보다 훨씬 가치 있어야 한다고 늘 다짐했다. 물론 현실의 번민 속에 자꾸 주저하게 되고 인생 설계는 해 놓았어도 행동하기까지에는 수많은 갈등이 생겼다. 나 자신은 물론 주위 사람들, 세상과도 수시로 부딪쳤다. 미래를 보장할 수 없는 험난한 여정을 시작했기 때문이다.

아무리 사소한 것이라도 스스로 디자인하고 행동하면서 사는 인생은 그렇지 않은 사람보다 삶의 충족도가 훨씬 높다. 나는 내 인생을 나답게 살기 위해서 타인의 시선을 의식하지 않으려 무척 노력했다. 의식해야 할 것은 타인의 시선이나 목소리가 아닌, 내 마음의 소리, 내가 간절히 원하는 것이어야 한다. 그래야 내가 원하는 삶을 살 수 있다.

나는 중학생 때부터 작가의 꿈을 키워 왔다. 그 꿈은 단 한 번도 시든 적이 없었다. 세상의 절망 속에 갇혀 있을 때마다 나는 간절하게 내 꿈을 생각해 냈고, 그 꿈을 이루고자 더욱 처절하게 몸부림치면서 내면의 힘을 키웠다. 그저 타인의 눈길에 밀려 삶을 흘려보냈을 때에는 그 누구도 나에게 소망을 묻지 않았다. 꿈 따위는 아예 없는 것처럼 여겨졌다. 그러나 나는 아무리 나쁜 상황에서도 끝까지 꿈을 포기하지 않았다. 내 꿈을 이루며 살 때 진정한

자아와 만난다고 생각했다. 어떠한 일이든 내 의지대로 결정하고, 결정한 것은 곧 바로 행동으로 옮겼다. 그리하여 시인이 되었고, 작가가 되었다. 인생 항로를 결정짓는 자기 삶의 결정권이 나답게 살아가기 위한 희망의 힘으로 나를 지켜낸 것이다.

내가 가장 좋아하면서도 잘할 수 있는 일은 글을 쓰는 것이다. 나는 사람들 앞에서 글쓰기 강의를 하고, 집필을 하면서 내 소신대로 인생을 살기로 했다. 그래야 진정 행복하리라 믿었다. 책이 출간되면 독자들이 내가 지은 책을 읽어 좋은데다, 인세도 나오니 금상첨화라 할 수 있었다. 나는 명함이나 내밀기 좋아하는 껍데기가 아닌, 글에 관한 한 프로가 되리라 다짐했고, 좋아하는 일을 잘

하면서 품격도 지키고 싶었다. 그리하여 내 인생을 나답게 살기 위해 주눅 들지 않고 당당하게 세상과 부딪쳤다.

우리는 토끼풀이 많은 곳을 지나갈 때마다 무의식적으로 네 잎 클로버를 찾는다. 네 잎 클로버가 행운을 뜻한다고 여기기 때문이다. 그러나 세상을 살아가면서 행운을 과연 몇 번이나 맞이하는지 생각해 보라. 무수히 널린 세 잎 클로버는 바로 행복이다. 어쩌다 한 번 맞이하는 행운보다는 날마다 조금씩 쌓이는 행복을 찾는 것이 인생을 잘 사는 것이 아닐까. 눈앞에 놓인 무수한 행복을 단지 어쩌다 오는 행운을 잡기 위해 놓치지는 말자.

살다 보면 수많은 사람들을 만나게 된다. 모두 소중한 인연이지만 그중에는 운명적인 인연도 있고, 상처가 되는 인연들도 있다. 나답게 살고자 하면서 나는 상처가 되는 인연들은 과감하게 내치며 사는 용기도 얻었다. 나 스스로 책임져야 하는 내 인생임을 알았기에 용기를 낼 수 있었다.

'살아 보니 외로운 것이 인생'이라는 말이 가슴 깊이 울릴 때가 많다. 그럴 때마다 나는 덜 외로워지기 위해 쓸데없이 휴대폰 속 전화번호를 뒤지기보다는 외롭고 긴 여정에 가만히 나를 놓아둔다. 외로움마저 철저히 나다움을 키우는 산실이라는 것을 깨달았기에 가능한 일이다.

앞으로도 물론 힘들고 지치는 순간이 많겠지만, 내 삶의 길이기에 나에 대해 최선을 다하고자 한다. 나의 가치를 스스로 찾고, 인간이 지닌 존엄 속에서 하고 싶은 일을 하며 행복하게 사는 것, 그것만이 나답게 사는 길이다. 내 인생은 나만이 책임질 수 있는 철저하게 나의 것이다. 내 인생을 나는 사랑한다.

이혼이 어때서?

2부

홀로 서기, 새로운 출발

데이트 폭력,
그 불편한 진실

떠난다고 너는 말한다

떠난다고 말하는 자는

떠나고 싶지 않은 자이거나

이미 떠난 자이다

-서 있는 사람-

데이트 폭력이란, 연인 사이거나 호감을 가지고 만나는 남녀 관계 사이에서 일어난 폭력을 말한다. 폭력은 일방적으로 상대방에게 행해지는데, 남성이 여성에게 가하는 폭력이 훨씬 많다. 데이트 폭력에는 신체적, 정서적, 언어적, 경제적, 성적 폭력은 물론 상대를 감시하거나 통제하려는 행위도 포함된다.

대중 매체에서 가끔 CCTV에 찍힌 데이트 폭력의 심각한 사례를 보여 주는 경우가 있다. 거의 죽일 듯 여성을 때리는 모습을 볼 때마다 심장이 떨리고 온몸의 피가 거꾸로 솟는 듯하다.

폭력을 휘두르는 가해자는 비겁하게 피해자를 탓하며 폭력을 정당화하려는 경향이 있다. 피해자 역시 맞은 것이 창피하기도 하고, 다시는 폭력은 쓰지 않을 거라는 믿음으로 주변에 도움을 요청하거나 신고조차 미루는 경우가 많을 것이다. 나 역시 그러했다. 맞고 나서도 그것을 폭력으로 받아들이기보다 그가 나를 사랑한다는 말을 정당화했고, 그를 믿었기에 피해자라는 생각 또한 약화된 것이었다.

하지만 폭력에 있어 가해자의 정당화는 모두 거짓으로 보아야 한다. 피해자도 창피하다는 생각에 자신을 정당화하는 경향이 있는데, 폭력은 폭력일 뿐이다. 상대가 변할 것이라는 헛된 믿음을 갖게 되면 더욱 위험한 상황에 처할지도 모른다. 창피하다거나 정당화하려는 생각에서 벗어나 현실을 정면으로 직시해야 한다.

흔히 연인 사이의 폭력은 '사랑'이라는 가면을 쓰고 벌어지는 경우가 많다. 하지만 폭력은 소위 말하는 '사랑하기 때문에'라고 치부되는 '사랑싸움'과는 본질적으로 다르다. 너무 사랑해서 폭력을 휘두르는 경우는 없다. 생각해 보라. 바라만 봐도 가슴 떨리고, 생각만 해도 행복한, 너무나도 사랑하는 사람에게 어찌 폭력을 휘두를 수 있겠는가.

만약 데이트를 하고 있는 상대가 당신에게 폭력을 휘두른다면 당장 헤어질 것을 권한다. 어떠한 이유에서든 가벼운 손찌검이라도 그것은 폭력이다. 폭력은 사랑과는 아무런 상관이 없다. 폭력을 휘두르는 사람은 단지 폭력적인 성격을 감추고 있는 것뿐이다.

가해자는 자신의 폭력을 반성했다고 용서를 빌면서 애원하고, 미안하다면서 폭력 후에 더 다정하게 대하는 경우가 많다. 그러면 마음 약한 피해자는 상대를 용서하고 다시 만나게 된다. 하지만 명심해야 할 것이 있다. 다시는 폭력을 쓰지 않겠다고 아무리 새 끼손가락을 걸고, 서약서를 쓰면서 약속한다고 하여도 폭력성은 절대 사라지지 않는다는 것이다. 평소에는 잘 대해 주다가도 본인에게 불리한 일이 생기면 자제력을 잃고 감추어 두었던 폭력성을 드러내기 때문이다.

폭력을 쓰는 사람은 상대의 신체는 물론 자존감을 갉아먹는 최악이다. 데이트 폭력은 '가정 폭력'으로 이어질 확률이 높다. 나 역시 마찬가지였다. 그는 내게 다시는 폭력을 쓰지 않겠다고 약속하고 결혼했지만 약속은 물거품이 되어 사라졌다.

폭력은 습관이다. "세 살 버릇 여든까지 간다."는 속담이 있듯, 제 버릇은 고치기 어렵다. 좋든 나쁘든 지나가는 개에게도 주지 않는다. 폭력을 쓰는 상대는 일찌감치 멀리 하는 것이 상책이다.

서울시여성가족재단이 서울에서 1년 이상 거주한 여성(20~60세) 2000명을 대상으로 '데이트 폭력 피해 실태'를 조사했다. "데이트 폭력을 경험한 적이 있느냐?"는 질문에 88.5%가 "그렇다."고 응답했다. 10명 중 9명이 데이트 폭력을 당한 셈이다.

데이트 폭력 피해자 중 22%는 '위협 및 공포심'을, 24.5%가 '정신적 고통'을, 10.7%는 '신체적 피해'를 입은 것으로 나타났다. 신체적 피해를 입은 피해자 중 37.4%는 병원 치료까지 받았다.

경찰청 통계에 따르면, 지난 2007년부터 2016년까지 연평균 8,965명이 데이트 폭력으로 검거됐다. 2012년부터 2016년까지 데이트 폭력으로 숨진 사람은 467명으로 집계됐다. 한 달 평균 7명의 여성이 데이트 폭력으로 목숨을 잃고 있는 셈이다. 너무도 끔찍한 일이다.

데이트 폭력이 심각해지자 경찰은 2016년부터 전국 경찰 관서에 '데이트 폭력 근절 특별팀'을 편성해 운영 중이다. 상담을 위해 여경이 배치되고, 보복이 우려되는 피해자들에게는 신변 보호 조치가 내려진다.

데이트 폭력은 갑자기 발생하는 경우가 많아 증거 수집이 어렵겠지만 병원에 가서 진단서를 끊고, 대화 내용 녹취나 영상 녹화, 카카오 톡이나 문자 메시지 등 피해 사실을 입증할 증거 자료를 확보하는 것이 좋다.

만일 당신의 데이트 상대가 폭력을 휘두른다면, 신고하기도 무섭고 혼자서 해결하는 것이 두렵다면, 가족이나 지인, 상담소를 적극 활용할 것을 권한다. 그것만이 폭력에서 벗어날 수 있는 길이다.

데이트 폭력의 유형과 대처 방법

오늘은 훌쩍거리고 울기에

딱 좋은 날이라고

빨래를 널다 말고 훌쩍거린다

햇살은 요지부동이다

-통증-

신체적 폭력

상대의 신체를 때리거나 세게 밀치는 행위, 물건을 던지거나 흉기로 위협하고, 뜨거운 물이나 불로 화상을 입히는 행위, 상대방의 반려 동물에게 폭력을 행사하거나 죽이는 행위도 폭력에 해당된다.

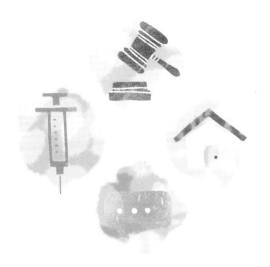

정서적 · 경제적 폭력

정서적 폭력은 언어적 폭력과 심리적 폭력을 포함한다. 언어적 폭력은 욕은 물론 모욕이나 비난, 책임 전가, 고함, 위협, 악의에 찬 말 등이 있다. 심리적 폭력은 위협이나 협박, 상대방 소유물을 부수고, 빌려간 돈을 고의로 갚지 않는 행위가 포함된다. 매일 휴대 전화를 검사하거나 이별을 원할 때 자살하겠다고 위협하거나 자해하면서 심리적 위협을 가하는 것도 데이트 폭력에 해당한다.

성적 폭력

상대방의 동의 없이 일방적으로 이뤄진 성관계를 말한다. 상대

가 동의하지 않았음에도 연인 관계라는 이유 때문에 성폭력이라
고 생각하지 않는 경우가 많지만 명백히 성적 폭력에 해당된다.

데이트 폭력 시 상담 전화

- 데이트 폭력 상담 전화 02-2263-6465
- 여성 긴급 전화 1336(휴대 전화는 지역 번호 + 1336)
- 한국 여성의 전화(http://www.hotline.or.kr) 02-3156-5400
- 한국 성폭력 상담소(http://www.sisters.or.kr) 02-338-5801
- 여성, 학교 폭력 피해자 ONE-STOP 지원 센터 1388
- 그 외 긴급 시 112

부모가 반대하는 결혼은
신중하게

살다 보면 달라붙을 곳이

어디 한두 군데뿐이더냐

살다 보면 떨어져야 할 곳이

어디 한두 군데뿐이더냐

천근만근 삶의 무게

-살다 보면-

    흔히 연애의 종착점이라고 하는 결혼은 관습이나 법률에 따라 부부 관계를 맺는 제도다. 늦은 밤, 달빛이 교교히 흐르는 담벼락을 사이에 두고 서로 각자의 집으로 헤어지는 것이 아쉬워서 선택한 것이 결혼이라는 우스갯소리처럼, 결혼은 헤어짐이 아쉬워 함께 있기를 원하는 두 사람의 간절한 꿈이 이루어진 현실이다.

    결혼 전에는 데이트하던 상대와 결혼하면 함께 알콩달콩 즐거운 일만 가득할 것 같은 일종의 환상에 빠지게 된다. 사랑하는 사람과 아침을 맞고 일상을 함께하면 오순도순 얼마나 재미있고 행복할까? 나 역시 하루에도 깨가 댓 말은 쏟아질 것 같은 감성적 환상에 빠졌을 것이다.

그러나 현실은 너무도 냉혹하고 철저하게 이성적이었다. 서로 다른 환경에서 살던 두 사람이 만나 결혼 생활을 영위해 간다는 것은 연애 때와는 완전히 다른 현실이다. 더군다나 부모가 반대하는 결혼을 했다면 더욱 힘든 세상이 펼쳐질 것이다.

부모는 세상 그 누구보다도 자녀의 행복을 기원한다. 그렇기에 결혼은 부모와 주위 사람들이 보내는 축하 속에서 해야 한다. 만약 부모가 결혼을 반대한다면 자녀의 미래를 위해 무엇인가 반대할 수밖에 없는 이유가 분명 있을 것이다. 부모는 오랜 세월 풍파를 겪으며 살아왔기에, 보다 객관적인 입장에서 세상사를 바라볼 수 있는 눈을 이미 체득하고 있다. 또한 자녀를 사랑하는 마음이 누구보다 깊으므로 자녀가 행복하게 살길 원한다. 부모가 결혼을 앞 둔 자녀에게 원하는 것은 단 한 가지 '자녀의 행복'뿐이다.

자녀의 행복한 삶을 원하는 부모는 자녀의 성향이나 성격, 가치관, 종교까지도 잘 알기에 그에 맞는 상대인지를 고려한다. 그렇기에 자녀의 결혼 상대자 또는 그 집안의 흠이 자녀의 미래를 불행하게 만들까 봐 결혼을 반대하는 경우가 많다. 오랜 세월 살아 보니, "좋지 않은 조건에서 하는 시작은 끝내는 더욱 좋지 않더라."라는 것을 이미 경험했기 때문일 것이다. 그러나 사랑에 이미 콩깍지가 씐 상태에서는 부모의 결혼 반대가 야속하게 느껴지는 것도 사실이다.

법륜 스님은 "결혼 승낙을 받는 것은 부모에 대한 예의이다. 하지만 부모의 반대를 무릅쓰고 내 마음대로 결혼하려면 그것에 대한 책임을 져야 하고, 두 가지를 생각해야 한다. 첫째, 당장은 괜찮을지 몰라도 나중에 갈등이 생긴다는 것. 둘째, 부모 허락을 받지

않은 대신 부모에 대한 모든 기대는 *끊어야 한다.*"고 했다. 또한 "부모가 반대해도 원망하거나 대드는 마음을 먹으면 안 된다. 부모의 승낙이나 지원을 받으려면 부모의 의사를 존중해야 한다."는 것을 강조했다. 혹여 결혼을 반대하는 부모님과 뜻이 맞지 않더라도 자신의 인생은 자신이 책임진다는 각오로 떳떳하게 이해를 구해야 한다는 것이다.

부모가 교제나 혹은 결혼을 반대하는 이유는 '상대의 직업, 학력이 부모 성에 차지 않아서', '상대의 집안, 가정 환경이 성에 차지 않아서', '부모 눈에 당신 자식이 최고라서' 등이라고 한다. 남성들은 대부분 "부모가 반대해도 결혼하겠다."고 했지만 여성 10명 중 9명은 '반대하면 안 하겠다, 그럴만한 이유가 있을 것'이라는 입장을 보였다고 한다.

부모가 아무리 반대를 해도 결국 자식 이기는 부모 없다지만, 자식 또한 애써 부모를 이길 필요는 또 무엇인가. 자녀의 앞날을 걱정하는 부모가 교제나 혹은 결혼을 반대하는 것은 자녀에 대한 반감이 있어서가 아니라 자녀를 너무도 사랑하기 때문이다. 그에 대해 서로 감정적으로 대응하거나 고집을 부려 해결하려고 하다 보면 부모 자식뿐 아니라 연인 간에 갈등이 생겨 서로 상처만 받게 될 뿐이다.

결혼은 둘 만의 문제가 아니라 양쪽 집안의 문제이기도 하다. 세월에 따른 경험이 많이 축적된 부모님이나 집안 어른들이 말리는 결혼에는 반드시 이유가 있다. 결혼을 반대하는 부모에게 서운할 수도 있겠지만 객관적인 시선으로 충분히 냉정하게 돌아보아야 한다. 무엇보다 현실을 직시하는 것이 중요하다.

평생을 함께 살아갈 반쪽을 선택하는 결혼은 인생 최대의 노력과 현명함이 필요하다. 그 또는 그녀를 사랑하지만, 부모가 반대한다면 충분한 시간을 갖고 모두가 행복할 수 있는 합의점을 찾는 노력이 반드시 필요하다.

책임감 없는 사람을
피하라

창호지를 뚫고 속삭이는

달빛의 살가운 소리

수면 안대 속에는

삶의 무게를 잴 수 없는

또 다른 어둠이 있다

-수면 안대-

내가 아는 A의 결혼 생활은 처참했다. 그녀는 친정의 복닥거리는 생활을 견딜 수 없어 도피처럼 남편을 만나 결혼했다.

"남자가 착한 것 같았어요. 당시엔 어떡해서든 집을 떠나고 싶다는 생각 밖에 없었어요. 도피하듯 그 남자와 결혼했죠."

오랜 시간 사귀지도 않고 도피하듯 '그냥 착해 보이는' 남자와 결혼한 것이 화근이었다. 그녀의 남편은 결혼 생활 15년 동안 단 돈 몇 백만 원만 벌어다 주었을 뿐이다.

"사업한다면서 빚만 지고 거기다가 여자까지 만나고 다녔어요. 생활비는 물론 주지 않았죠. 내가 벌어서 아이들을 키우면서 생활해야 했는데 남편이 얻은 빚까지 갚느라 너무 힘들었어요."

그녀는 유아원에서 유아들을 지도하며 생활을 유지하려 안간힘을 썼는데, 남편은 탕진하기 바빴다. 결국 여자 문제까지 겹치자 그녀는 아들 둘을 데리고 남편 빚까지 떠안는 조건으로 이혼하였다.

"이혼하길 정말 잘했어요. 아들 둘을 키우면서 힘겨울 때도 있지만 남편과 살 때처럼 고통스럽지는 않아요."

남편과 함께 살 때 느꼈던 불행과 고통과 분노를 느끼지 않는 것만 해도 행복이라고 여겨질 때가 있다. 함께 사는 것이 너무도 고통스럽고 죽을 것 같다면, 조금도 행복함이 느껴지지 않는다면, 서로 놓아주는 것도 현명한 방법일 것이다.

이혼 후 오랜 시간이 흘러 A의 아들이 다쳐 병원에 입원하였다.

"세상에 기적이란 게 일어났어요. 아이 아빠가 병원비를 내주었어요."

살다 보니 이런 일도 있다며 그녀가 활짝 웃었다. 그러나 웬걸.

기쁨은 곧 분노로 바뀌었다. 아들 병원비는 손자를 위해 전 시어머니가 급하게 빌려준 돈이었고, 그마저 일부를 아이 아버지가 떼먹고 준 것이었다. 아이가 퇴원하자 전 시어머니는 보험료가 나왔을 테니 돈을 돌려 달라고 하여 결국은 아이 아버지가 떼어먹은 돈까지 돌려주어야 했다.

"어째, 애비가 되어서 그리 할 수가 있냐?"

화가 나서 혀를 차는 내게 그녀가 하는 말은 더 기가 막혔다. 퇴원한 아들은 대학에 복학하기 전까지 편의점에서 아르바이트를 하고 있었다. 수술 후 쉬지도 못하고 아르바이트를 하는 아들이 가뜩이나 안쓰러운데 하루는 아비라는 작자가 아들을 찾아왔단다.

"애비라는 사람이, 아들한테 가서 아파서 병원엘 가야 하는데 돈이 없다고 돈 좀 달라고 했대요."

"그래서?"

"그래도 아버지라고, 아르바이트해서 모은 돈을 몽땅 털어 주었대요. 얼마나 속상하던지. 세상에 어찌 그럴 수가 있어요? 기가 막혀서 말도 안 나오고 너무 우울해요."

그녀는 한숨을 푹푹 내쉬었다.

이혼하면 부부 사이의 관계는 끊어지지만 부모와 자녀간의 천륜마저 끊으라고 할 수는 없다. 하지만 적어도 부모라면 어떠한 상황에서든 상처 입은 자녀에게는 정서적, 경제적으로 도움을 주어야 한다. 그럼에도 그렇게 하지 못하는 사람들이 생각 외로 많다. 이혼한 부부가 절대 해서는 안 될 행동은 자신이 기르지도 않고, 뒷바라지도 하지 않은 자녀에게 자신을 책임져 달라고 매달리는 짓이다. 아이만 낳았지 양육의 책임을 지지 않던 부모가 어느 날 불쑥 찾아와 이제 늙어 기력이 쇠했으니 책임지라고 하는 것은 양심 불량이자 자식의 삶을 갉아먹을 뿐이다.

"젊어서는 돈도 벌지 않고 속 썩이더니 이혼해서까지 아들에게 민폐를 끼치는 게 너무 싫어요. 아들에게 만큼은 조금이라도 떳떳한 아버지가 되었으면 좋겠는데, 평생 도움이 되지 않네요."

눈물을 삼키는 그녀의 말 속에 절절한 한이 맺혀 나왔다. 평생 백수로 늙어가는 그녀의 전 남편. 가족을 돌보지 않는 버릇, 절대 개 안 준다. 이혼하길 정말 잘했다.

결혼한 부부는 법적, 사회적, 종교적으로 관계를 인정받으며 배우자와 자녀에 대한 권리와 의무를 가진다. 그러나 결혼을 했음에도 불구하고 가족의 의무를 소홀히 하는 사람들이 있다.

'캥거루족'이라는 말이 있다. 캥거루족이란 충분히 자립할 나이의 성인이 되었음에도 독립적으로 살아가지 않고 부모에게 경제적으로 의지하는 사람을 말한다. 캥거루 새끼는 크기가 1~2센티미터에 불과한 미성숙 상태에서 태어나기 때문에, 혼자 성장하기가 힘들어 어미가 배에 있는 육아낭에서 기른다. 여기에 빗대어 캥거루족이라는 말이 생겼다. 과잉보호의 울타리에서 자란 아이는 어른이 되어서도 캥거루족이 될 확률이 높다고 한다. 취업을 하지 못했거나 경제적인 여유가 되지 않아 캥거루족이 되는 경우도 있겠지만, 무엇보다 심리적으로 어른이 되지 못한 사람들이 캥거루족이 된다. 캥거루족은 결혼해서도 가장의 의무를 제대로 이행하지 않을 가능성이 농후하다.

가장임을 회피한 채 모든 책임을 아내에게 전가하는 남자는 정상적인 가장으로서의 역할을 할 가능성이 낮다. 가장으로서 역할을 포기한 채 자신이 하고 싶은 일만 하는 사람들은 일이 잘 되면 그나마 다행이지만, 그런 사람들은 정말이지 자기가 하고 싶은 것만 한다. 술 마시고, 여자 만나고, 빚 얻어 돈 쓰는 재미로 살다가 죽을 목숨이 되어서 집으로 기어들어오는 남자들도 있다.

옛날 우리 어머니들은 그래도 이런 것이 삶인가 보다 하며 화병을 짊어진 채 살았었다. 그러나 시대가 달라졌다. 지금이 어떤 시

대인가? 있을 수도 없고 있어서도 안 되는 일이며, 그랬다가는 뼈도 못 추리는 세상이다. 그럼에도 그렇게 사는 가슴 아픈 여인들이 여전히 있다.

열심히 일하다가 실패하는 것은 용납할 수 있으나, 평생 자신의 의무를 하지 않고 무위도식하는 남자는 같이 살 수 없다. 내 인생을 그에게 고스란히 바칠 것이 아니라면 결단해야 한다. 자녀를 위해서라도, 자신을 위해서라도 그 남자를 놓아야 한다. 이혼 후 그가 정신 차려 잘 살면 아이 아빠가 잘 사니 잘 됐다고 위안하며 살고, 정신 못 차리고 여전히 휘청거리면 진즉에 이혼하길 잘했다며 환호하고 살면 된다. 그래야 내 삶을 제대로 살 수 있다.

부부란 대등한 관계이다. 대등한 관계에서 서로를 아끼고 사랑할 때에야 비로소 행복을 느끼며 진정한 가족으로 성장할 수 있다. 부부는 누구 혼자 상대를 책임지거나 소유할 수 있는 관계가 아니다. 당신은 무위도식하는 그를 먹여 살릴 이유가 없다. 가장의 의무를 스스로 저버리는 사람을 책임질 필요는 없다.

부부간의 사랑도 끊임없이 노력해야 한다. 상대를 무시하고 홀대하거나 전적으로 의지한다면 사랑은 신기루처럼 사라지고 만다. 서로 상대 탓만 하다 보면 사랑은커녕 미움이 가득한 불행의 나날이 될 것이다. 신기루 같은 사랑이 떠난 자리엔 무엇이 남을지 당신은 안다. 떠난 사랑은 흔적조차 남기지 않는다.

내 것이 아닌 것은 과감히 버릴 필요가 있다. 괜스레 끌어안고 평생 뼈가 녹는 고통 속에서 사는 것보다는 과감히 버리고 새로운 길을 찾는 것도 하나의 방편이다.

친구를 너무 좋아하는 사람은 피곤하다

시린 등 뒤로 빠져나가는

하루 이틀 또 하루

일어서라고 사랑하라고

하루 또 하루

- 하루 -

우정은 친구 사이에 나누는 정신적 유대감이다. 삶을 살아감에 있어서 여자, 남자를 불문하고 사랑도 중요하지만 그에 못지않게 자신의 속마음을 털어놓고 우정을 나눌 수 있는 친구도 중요하다. 그렇기 때문에 '관포지교, 지란지교, 막역지우' 등 우정에 관한 사자성어나 명언도 많다.

칼릴 지브란은 진정한 우정이란 "친구에게 기쁜 일이 생겼을 때는 한 발 늦게 찾아가고, 슬픈 일이 생겼을 때는 한 발 먼저 찾아가는 것이 진정한 우정이며, 시간이 남을 때 찾아가는 것이 아니라 바쁜 시간을 같이 보낼 수 있어야 한다."고 했다.

남자나 여자나 친구의 존재는 반드시 필요하다. 친구가 없는 인생이란 모래사막을 홀로 걷는 것처럼 삭막할 것이다. 그러나 내 경우처럼 '친구에게 기쁜 일이나 슬픈 일이 생겼거나 말거나 늘 찾아오고, 자신이 한가한 시간이면 어김없이 찾아와 술을 마시며 시간을 때우는 남편의 친구들'이 많을 경우에는 친구라는 존재에 관해 다시 한 번 생각해 보게 된다.

결혼을 하게 되면 여자는 가정이 최우선이 되기 때문에 친구들과의 만남에 소홀해지게 되는 것도 사실이다. 그러나 여자들은 그 소홀함마저 이해하는 우정을 나눈다. 반면에 남자들은 결혼한 후에도 친구들과 계속 우정을 유지하고자 한다. 아니, 아내의 아름다운 구속(?)을 피하기 위해서라도 친구를 활용하는 경우가 많다. 아내와 둘만 있는 시간은 아주 잠깐 행복하지만 곧 지루해지기 때문일 것이다.

아내들이 무조건 남편들의 모임이나 친구 관계를 탓하는 것은 아니다. 남자들의 적당한 우정은 때론 삶을 풍요롭게 해 주기도 하기에 아내들은 충분히 이해하고 용납한다. 하지만 술 문화로 결속되고, 내 집과 네 집을 구분하지 못해 사생활을 침해하는 지나

친 우정은 단란한 삶에 민폐가 되며 부담이 될 수 있다는 것을 남편들은 잘 모르는 것 같다.

　친구와 우정의 관계는 가끔 애매모호하기도 하다. 친구라고 해서 모두 우정을 깊이 쌓는 것도 아니다. 가끔은 우정을 핑계로 친구의 삶 속에 지나치게 깊이 들어와 심적 피해를 주기도 한다. 내 경우가 그런 경우였다.

　미국의 철학자 랄프 왈도 에머슨은 '집을 가장 아름답게 꾸며 주는 것은 자주 찾아오는 친구들'이라고 했지만 결혼한 친구의 집을 지나치게 자주, 끊임없이 방문하는 것은 피해가 되고도 남음이

있다. 부부가 각자 친구들의 관계를 적정 수준으로 올바르게 유지
할 때 가정에 평화가 찾아온다.

여자들의 우정

어느 날 아내가 귀가하지 않았다.

다음날 그녀는 남편에게 친구 집에서 자고 왔다고 말했다.

남자는 아내의 가장 친한 친구 10명에게 전화를 걸었다.

그들은 모두가 그런 사실이 없다고 대답했다.

남자들의 우정

어느 날 남편이 귀가하지 않았다.

다음날 그는 친구 집에서 자고 왔다고 말했다.

아내는 남편의 가장 친한 친구 10명에게 전화를 걸었다.

그들 중 8명이 그가 자기 집에서 자고 갔다고 말했다.

나머지 두 명은 그가 아직 자기 집에 있다고 말했다.

여자와 남자, 어느 우정에 방점을 두어야 할까?

바람은
쉬지 않고 분다

건드러지게 곱다란

도라지꽃

저 꽃은 무엇을 기다리나

나도 꽃이 되면

낮술을 마시지 않아도 되었을까

－도라지꽃－

　남편과 함께 가게를 운영하는 여인이 있었다. 그녀는 대학생 딸과 고등학생 아들의 뒷바라지는 물론이고 낮에는 가게에 나가 남편 일을 도왔다. 그녀의 남편은 새벽 운동을 자주 나갔다. 그날도 새벽에 운동을 한다며 나간 날이었다. 그녀의 친구에게서 전화가 왔다.

　"새벽에 운동하는데 너희 남편 차가 지나가는 거야. 그런데 어떤 여자를 옆에 태우고 가면서 아주 환하게 웃고 있더라."

"운동한다고 나갔는데 잘못 본 거 아니야?"

"분명 네 남편이야. 차도 너희 차고. 바람나기 전에 확인해 봐."

친구의 말이 신경 쓰였던 그녀가 운동하고 돌아온 남편에게 슬쩍 물었다.

"운동 나갔다가 누구 차에 태웠어?"

"무슨 소리야? 운동만 하고 왔는데. 새벽에 누굴 태워!"

딱 잡아떼는 남편을 그녀는 믿었다고 했다.

그런데 얼마 후 딸이 그러더란다.

"엄마, 아빠가 통화하는 걸 들었는데 아무래도 사귀는 여자가 있는 거 같아. 내용이 너무 수상해."

남편과 대화 끝에 딸이 들은 전화 내용을 이야기하자 고객과의 통화였다며 딸이 오해한 것이라고 하였다. 그녀는 반신반의하면서도 다시 남편을 믿어 보기로 하였다.

어느 날, 가게에서 퇴근한 그녀가 잊고 온 물건이 있어서 밤늦게 가게 문을 열고 들어갔다. 그러다가 목격하고 말았다. 남편이 가게에서 여자와 홀딱 벗은 채 누워 있는 현장을. 가게 문이 열리는 소리가 들리자 여자는 발가벗은 채 담요만 두르고는 뒷문을 열고 달아났다. 남편은 여자를 뒤쫓아 가려는 아내를 막아섰다. 남편 역시 벌거벗은 채였다.

이후 그녀의 지옥 생활이 시작되었다. 딸은 아빠를 피했고 부부는 한집에서 냉담하게 지냈다. 그러던 어느 날, 그녀가 마음을 달래려 여행을 떠난 사이 그녀의 남편은 짐을 빼서 여자네 집으로 들어갔다. 이후 부부는 이혼하였다.

현재 그녀는 직장 생활을 하면서 행복하게 잘 살고 있다.

"진작 이혼할 걸 그랬어. 시어머니 고된 시집살이 견뎌내면서 괜히 오래 살았어. 이럴 줄 알았으면 시어머니가 시집살이 시킬 때 이혼했을 텐데."

그녀는 왜 좀 더 빨리 이혼하지 않았는지 가끔 후회한다면서 호탕하게 웃었다.

바람을 안 핀 사람은 있어도 단 한 번만 외도 하는 사람은 없다는 말이 있다. 내 남편도 그러했듯, 여자를 너무 좋아하는 남자는 감당하기 힘들다. 우리 사회에서 남자의 외도는, 남자가 그럴 수도 있다면서 넘어가는 분위기가 오랜 세월 지속되어 왔다. 불편한 진실이다.

아내들은 "남자들은 원래 그래."라는 푸념이자 자조적인 말로 남편의 바람기를 치부하기도 한다. 반대로 어떤 남자들은 아내가 다른 남자를 만나고 있다는 것을 알면서도 자존심 때문에 꾹 참고 살거나, 죽어도 내 아내는 그렇지 않다고 믿으면서 살아가는 경우도 여럿 보았다. 그러나 현실이 확인되었을 때, 그들은 자신이 불행한 결혼 생활을 영위하고 있는 것은 순전히 상대 탓이라며 걷잡을 수 없는 분노에 휘말려 이성을 잃기도 한다. 어느 순간에는 자기혐오에 빠져 비관적이 되는 것을 자주 목도하기도 한다. 그들 대부분은 화병을 앓고 있다.

바람기 많은 남자들은 장미 같은 아내와 결혼을 했음에도 어느 순간 장미가 시들면 곧 바로 프리지어 같은 또 다른 여인이 신선하고 예뻐 보이며, 프리지어가 채 시들기도 전에 길들여지지 않은 야생화가 눈에 들어오고, 하르르 가슴을 설레게 하는 벚꽃 같은 여자들이 계속 눈과 가슴을 설레게 하는가 보다.

바람기는 쉽게 고쳐지지 않는다. 바람을 피우는 남자와 사는 것은 정말 고통스럽다. 남편이 아무리 딴 여자를 사랑해도, 아내가 다른 남자를 사랑한다고 해도, 모두 용서하고 평생 반려자만을 사랑하며 의지하고 살 각오가 되어 있지 않다면, 자신의 인생을 한번쯤 되돌아보고 현명한 판단을 내리는 것도 하나의 방법이다.

바람이 아니더라도 어떤 이유에서든 지옥에서 사는 것처럼 끔찍하게 서로를 괴롭히며 사는 부부도 의외로 많다. 남편을 단지 돈 버는 기계로 여기며 살거나, 아내에게 빌붙어 사는 남편, 반려

자가 더 이상 사랑스럽지 않아 돌멩이 보듯 섹스리스로 사는 부부들도 많다.

부부간의 사랑은 말과 몸으로 표현된다. 아무리 상대를 사랑한다고 해도 다정한 말 한마디, 애정 표현이 없다면, 상대는 사랑은 커녕 무시당한다는 생각으로 상처를 입을 것이다. 몸으로 하는 대화인 섹스는 부부만이 할 수 있다. 인생에서 가장 큰 즐거움은 섹스라는 사람들도 많다. 그만큼 부부 사이엔 섹스가 주는 즐거움이 중요하다. 부부 사이가 원만하지 않거나, 나이가 들면 스킨십 자체가 시들해져서 섹스리스로 살거나 타인에게 눈길을 주는 부부들도 많다. 하지만 나이 불문하고 섹스리스는 서로에게 모욕감만 안겨 줄 뿐이므로 옳지 않다. 섹스는 하지 못하더라도 다정하게 스킨십을 해야 부부 관계가 사랑으로 연결된다. 스킨십이 없는 부부는 서로 사랑받는다는 느낌이 없기 때문에 상대를 의심하고 불신하게 된다. 조선 시대에도 남편이 잠자리를 하지 않는다는 이유로 이혼 소송을 한 여인이 있었다. 부부간의 섹스는 무엇보다 중요하다.

사랑이 식어 우정으로 사는 부부, 늙어 서로에게 애잔함이 많은 부부는 도리어 다정하게 잘 산다. 하지만 우정을 나누기조차 거북하고 애잔함마저 없어서 같이 사는 것이 괴롭다면 서로의 행복을 위해 놓아주는 것도 하나의 방법일 수 있다. 서로 죽도록 원망하면서 사는 삶은 서로뿐 아니라 자녀에게도 좋지 않은 영향을 미친다. 서로 미워하는 삶은 독이 될 뿐이다. 더 이상 부부 관계를 지속하기 어렵다고 판단되면 상대의 행복을 위해서라도 정리하는 것이 현명하다. 적어도 그래야 서로 불행하지 않게 살 수 있다. 불행하지 않은 것만으로도 충분히 행복을 느낄 수 있다.

남자들은 잡아 놓은 물고기에게는 밥을 주지 않는다는 우스갯소리를 하곤 한다. 그러나 이 세상 모든 아내는 잡아 놓은 물고기가 아니다. 여자들도 마찬가지다. 남편은 돈 버는 기계가 아니다. 부부가 서로 공경하고 아껴 주어야 가정의 행복이 유지된다.

사람의 마음을 가장 확실하게 얻는 방법은 상대의 말을 끝까지 잘 경청하는 것이다. 이청 득심(以聽得心), 귀를 기울이면 사람의 마음을 얻을 수 있다는 뜻이다. 상대의 말을 귀 기울여 듣는다는 것에는 상대를 존중하고 배려하는 마음이 깔려 있다. 그렇기에 경청만 잘해도 상대는 마음을 열고 신뢰를 주게 된다. 부부들 중에는 서로 상대의 말을 잘 들어주기는커녕 아예 마음의 문을 걸어 잠근 채 대화 자체를 하지 않고 사는 이들도 많다.

독일의 철학자 게오르크 헤겔은 "마음의 문을 여는 손잡이는 바깥쪽이 아닌 안쪽에 있다."고 했다. 상대가 마음의 문을 여는 방법은 스스로 마음의 손잡이를 돌려야 한다. 마음을 얻기 위해서는 상대가 마음의 문을 열 수 있도록 먼저 배려하고 존중하여야 한다. 그러면 상대의 마음을 얻을 수 있을 것이다. 애써 대화의 말꼬를 텄는데 상대가 또 자기주장만 내세운다면 당연히 화가 나겠지만, 그럴 때 마음속으로 기도 주문을 외우듯 '이청 득심'을 외치며 고개만 끄덕여 주어도 상대는 감동하고 타인에게 눈길을 주는 짓은 하지 않을 것이다.

아내는 남편의 씨앗을 세상에 내놓는 존귀한 존재이며 남편은 그 씨앗을 키우는 햇살이자 가정의 울타리이다. 서로를 위로하고 안아 줄 사람은 세상에 부부밖에 없다. 사랑도 노력해야 한다. 잊지 말자.

시댁이라는
이름

시간을 쪼개 심장을 비비대도

이미 살아온 것들은

결코 눈떠지지 않았다.

평온과 광기와 내게서

멀어져 간 세상에서조차도

나는 자유롭지 못하다

-자유-

결혼은 남녀가 만나 함께 사는 것이지만, 그 이전에 서로 다른 환경인 두 집안의 만남이기도 하다. 그러다 보니 서로 살아온 환경과 방식이 다르기 때문에 의사소통에 문제가 생기기도 한다.

시댁과의 갈등 중 고부간 갈등은 세월이 아무리 흘렀어도 여전히 문제가 되고 있다. 아무리 세상이 변했다고는 하지만 가부장적인 환경에서는 아직도 아들에 대한 유세가 만만치 않아 며느리를 하인 부리듯 하는 집안도 있다. 단지 자신의 아들과 결혼했다는 단 하나만의 이유로 집안의 소유물 혹은 시댁을 책임져야 하는 사람으로 여기기 때문이다. 며느리도 어느 부부의 소중한 딸임에는 틀림없다. 바꿔 말하면, 자신의 딸도 누군가에게는 며느리라는 사실을 잊고 있는 것이다.

나 또한 시댁 때문에 마음고생을 많이 했다. 내 경우, 시댁과 문제가 생긴 것은 며느리를 가족으로 인정하기보다 대를 이어야할 여자, 무조건 시댁과 남편에게 순종해야 하는 종속적 삶을 살라고 강요했기 때문이었다. 어찌나 시아버지가 무섭고 싫었는지, 막상 시아버지가 돌아가셨을 때 눈물도 나지 않았다. 철없는 남편은 차치하고 많고 많은 시누이들 때문에도 속이 새까만 세월을 보내기도 했다.

요즘에는 기가 센 처가 때문에 고통받는 남편들이 늘고 있다고는 하나, 아직도 처가보다는 시댁과의 문제로 갈등을 겪는 경우가 더 많다. 실제로 부부의 성격 차이 문제로 상담을 받지만, 이혼하는 부부 중에는 시댁 문제가 큰 스트레스로 작용한 경우도 많다고 한다. 시댁과의 갈등이 어찌나 많은지 시댁에 관해서는 '시금치'라는 단어만 들어도 치가 떨린다는 말이 생겼을 정도다.

　우스갯소리로 아들 집에 갔을 때 자신의 아들이 집안일을 하고 있으면 못된 며느리가 들어와서 자신의 아들이 고생한다며 하소연하고, 딸의 집에 갔을 때 사위가 집안일을 하고 있으면 딸이 자상한 남편 만나 잘 산다며 좋아한다는 말이 있다. 그만큼 시어머니가 며느리를 바라보는 시선이 다르다는 것을 풍자한 것이다.

　며느리가 옷만 새로 사 입어도 자신의 아들이 번 돈을 물 쓰듯 한다며 흉보는 시어머니 앞에서는 그 어떤 며느리라도 절대로 좋은 마음으로 시어머니를 대할 수 없는 법이다.

시댁과 갈등이 생겼을 때 가장 중요한 것은 남편의 역할이다. 남편이 시댁과 아내와의 사이에서 적절한 윤활유가 되어 준다면 서로 서운했던 감정을 대화로 풀면서 평화를 유지해 갈 수 있다. 시어머니도 정신적으로 아들을 완전히 독립시켜서 내 아들이기 이전에 한 여자의 남편임을 인정해야 한다. 며느리 또한 자신의 남편을 길러 준 시어머니를 무시하는 언행을 해서는 안 될 것이다. 며느리라고 해서 무조건 시댁에 순종할 수만은 없는 것이고, 시댁이라고 해서 며느리의 삶을 좌지우지해서도 안 된다. 며느리도 예의 바르게 시부모를 섬기면서 자기주장을 명확하게 표현해야 시댁과의 갈등이 줄어든다.

처가 눈치를 보는 사위도 많아졌다고 하는데, 시댁이든 처가든 스트레스 덜 받고 화목하게 지낼 수 있는 유일한 방법은 고부간에 예의를 지키면서 서로의 생활을 침해하지 않는 것이다. 조금 귀찮더라도 며느리는 시어머니의 말을, 시어머니는 며느리 말을 잘 들어주는 것도 중요하다. 상대가 말할 때 중간에 뚝 끊고 들어가거나 무심하게 듣지 않는다면 고부간의 갈등은 더욱 깊어진다.

요즘에는 사이좋은 시어머니와 며느리도 많다. 그들이라고 해서 서로 좋은 일만 있는 것은 아닐 것이다. 시어머니는 며느리를 자신의 아들에게 시집 온 소유물로 생각하기 이전에 가정을 지키는 한 남자의 아내로 인정해 주는 마음이 있을 것이다. 며느리 또한 자신의 남편을 키운 소중한 부모를 예의로써 대하며 정을 주었기에 사이좋음이 가능했을 것이다.

그럼에도 불구하고 도저히 시댁과의 갈등을 견딜 수 없는 경우가 비일비재하고, 갈등을 해결하려 끊임없이 노력해도 해결은 되지 않고 몸과 마음에 병이 생길 지경이라면 어쩌겠는가. 선택은 당신의 몫이다.

episode 08

소크라테스는
옳다

어느 곳에도 머물지 못하는

바람이 불었지

피로와 가난이 쌓여 가는 만큼

창백한 밤의 존재와

쇠락한 기둥만 남았어

고향은 어디에도 없어

-고향-

고대 그리스 철학자이자 사상가인 소크라테스에게 결혼을 앞둔
청년이 찾아와 물었다.

"결혼은 하는 게 좋을까요, 하지 않는 게 좋을까요?"

소크라테스는 자신의 처지에 빗대 이렇게 말했다.

"결혼을 하시게. 현명한 아내를 얻으면 행복할 것이고, 악처를

얻으면 철학자가 될 것이네."

소크라테스의 아내는 '잔소리 많은 악처'로 유명한 크산티페이다. 소크라테스는 50대의 나이에 20대의 젊고 아름다운 크산티페를 만나 결혼했다. 크산티페는 소크라테스와의 사이에서 세 아이를 낳았다. 하지만 소크라테스는 돈 버는 것에는 관심이 없었기에 세 아이를 양육하며 가정을 꾸려 나가야 하는 것은 온전히 크산티페의 몫이었다.

그 시대의 여성은 집안에서 집안일을 하고 아이를 돌보는 것 외엔 직접 돈벌이를 할 수 있는 것이 거의 없었다. 집안의 가장인 소크라테스가 돈을 벌지 않으니 가난하게 살 수밖에 없었을 테고, 그 상황에서 세 아이를 양육해야 하는 크산티페의 고생은 이루 말할 수 없었을 것이다.

어느 날, 집안에 먹을 것이 떨어져 굶고 있는 판인 데도 소크라테스는 제자들과 토론만 하고 있었다. 화가 잔뜩 난 크산티페가 남편을 찾아가 욕을 하였다. 소크라테스는 아내의 욕을 무시하며 제자들과 토론을 이어갔다. 남편의 태도에 약이 잔뜩 오른 크산티페가 바가지에 물을 가득 채워 소크라테스에게 쏟아 부었다. 제자들이 놀라자 물을 뒤집어 쓴 소크라테스가 아무렇지도 않은 듯 말했다.

"천둥이 친 다음에는 큰 비가 쏟아지기 마련이네."

이런 모습 때문에 크산티페는 악처의 원흉으로 불렸을 것이다. 그러나 경제적으로 넉넉하고 남편의 사랑을 담뿍 받는데도 불구하고 악처가 될 아내는 없다. 악처는 태어나는 것이 아니라 만들어지는 것이다. 크산티페를 악처로 만든 건 바로 소크라테스다.

소크라테스는 철학자로서 명성을 얻었지만 한 가정의 가장으로서는 제 역할을 하지 못했다. 아이를 셋이나 낳고도 돈 벌 생각은 하지 않고 "너 자신을 알라!"고 외쳐 댄 소크라테스. 그런 남편을 대신해 세 아이를 키우면서 가정을 꾸려 가야 했던 크산티페가 얼마나 궁핍했을지, 얼마나 고생스런 삶을 살았을지는 불 보듯 뻔하다. 이런 상황에서 그 어떤 여인이 "우리 남편은 고명한 철학자예요. 우린 먹지 않아도 살 수 있고 행복해요."라고 말할 수 있을까?

그때나 지금이나 경제력이 없으면 궁핍한 것은 마찬가지다. 더군다나 아이를 셋이나 낳았음에도 불구하고 전혀 돈 벌 생각을 하지 않는 남편. 만약 그런 남자가 당신의 남편이라면 당신은 어떨 것 같은가?

가없은 크산티페는 알려진 것과는 달리 소크라테스를 남편으로 존중했고 사랑했던 여인이었다. 크산티페는 소크라테스가 독배를 마시기 전까지 곁을 지켰으며, 남편의 죽음을 가장 슬퍼했다. 여성은 직업을 가질 수도 없었던 당시에 생활력 없는 남편을 대신해 가정을 책임져야만 했던 크산티페가 남편을 원망하는 악처가 되어야 했던 것은 자연스런 이치이다. 나는 섣불리 크산티페를 악녀라고 칭하지 않는다. 크산티페는 아이들과 살아가야 하기에 악착같을 수밖에 없었던, 가여운 여인일 뿐이었다.

악처가 무능한 남편에 의해 만들어지듯, 현명하고 사랑스런 아내도 자상한 남편에 의해 만들어진다. 남편이 사랑해 주고 아껴 주는데 남편을 미워하고 악독하게 행동할 아내는 세상 어디에도 없다. 아내에게 사랑받고 존중받는 남편 또한 절대로 가정 외에

일탈을 꿈꾸지 않을 것이다. 행복한 가정은 거저 탄생하지 않는다. 지극한 사랑과 관심으로 가꾸어 가야 한다.

지금도 생각한다. 만약 남편을 만나 결혼하지 않았더라면, 나는 시인이 되었을까? 물론 내 꿈은 중학생 때부터 작가였다. 글쓰기를 포기한 적은 없다. 그렇지만 내가 원하는 자상하고 존경할 만한 남자를 만났다면 나는 시인은커녕 아내로서, 엄마로서 만족하며 취미로 책이나 읽으면서 살고 있을 것이다. 시인이 된 것이 좋은지, 아니면 사랑받으며 사는 여인이 좋은지, 어느 것이 더 좋은 것인지는 잘 모르겠다. 정말 좋은 것은 남편에게 사랑받는 시인이 가장 좋긴 하지만 하느님은 내게 두 가지의 행복은 허락하지 않았다.

하지만 현재의 입장에서 본다면 나는 시인이 훨씬 좋다. 인생에서 참 잘한 일 중의 하나가 시인이 되고 작가가 된 것이니, 좋기만 하다. 그러므로 나는 남편을 원망할 필요가 없다. 소크라테스는 옳다.

살아갈
용기

뾰족 귀를 내밀고 숨 쉬는 새싹을
한참 동안 들여다보았다
순간 과녁의 한가운데를 뚫고 가는
통증이 일었다
산다는 것은 끈질기게
희망을 포기하지 않는 것
− 희망 −

　대한민국은 OECD 국가 중 자살률이 가장 높다고 한다. 보건복
지부와 중앙심리부검센터가 발표한 「2015년 자살 사망자 심리 부
검 분석 결과」에 따르면 자살자의 88.4%는 우울증, 알코올 의존
장애 등 정신 건강에 문제가 있었으며, 93.4%는 사망 전에 언어,
행동, 정서적 변화 등 어떤 형태로든 자살 경고 신호를 보냈다고

한다.

죽음에 대한 말을 내뱉거나 인터넷 검색 등을 자주 하고, 눈에 띄게 우울해 하고 불안해 하거나, 삶에 지친다며 음주를 지나치게 하는 것은 물론이고 신변을 정리하듯 소중하게 여기던 물건을 주변 사람들에게 나누어 준다든가, 갑작스럽게 "그동안 감사했습니다. 잘 지내세요." 따위의 인사를 하는 것 등은 일종의 자살 경고 신호라고 한다. 그러니 주위 사람들의 말에 귀를 기울일 필요가 있다는 것이다.

스스로 자신의 목숨을 거두는 것은 삶이 행복하지 않기 때문이다. 행복하지는 않더라도 불행하지는 않아야 하는데, 자꾸만 불행해지는 자신의 모습을 견디지 못할 때 모든 것을 놓아버릴 생각을 하게 된다. 세상을 살아가다 보면 가난, 질병, 실업 따위 이유로 삶을 포기하고 싶은 생각이 들 때도 있고, 팍팍한 삶을 견디다 못해 우울해져서 삶을 놓아버리고 싶은 순간들이 찾아올 때가 있다.

사람들은 흔히 "죽을 용기가 있으면 그 용기로 뭘 못해?"라고 쉽게 말하지만, 어느 시기 어떤 상황에서는 죽는 것보다 살아가는 것에 훨씬 더 큰 용기를 내야 할 때가 있다. 그럴 때 우리는 내 삶을 스스로 중단하고자 하는 자살 욕구에 시달리기도 하고, 때론 실천에 옮기기도 한다. 마음이 사막처럼 삭막해졌을 때, 나 외의 다른 사람들은 모두 행복한데 나만 고통스러운 삶의 한복판에 버려진 것 같은 느낌이 들 때가 있다. 그렇기에 치명적 선택으로 인해 주변 사람들이 겪어야 할 고통과 슬픔은 생각하지 못하게 된다.

자신이 불행하다고 느끼기 시작하면 사람들은 모든 것에 어두운 절망을 깔아 놓게 되는 것 같다. 팍팍한 삶의 한가운데 있게 되면 저절로 색이 진한 안경을 쓰고 세상을 바라보게 된다. 실제는 햇살이 노란 따스한 날임에도 색안경을 쓰고 보면 어둡고 먼지 가득한 세상으로 보여 숨쉬기가 힘들게 느껴지기도 한다. 그렇듯 마음에 우울이나 절망이라는 색안경을 끼면 원래의 색을 제대로 볼 수 없다. 본래의 나를 감추고자 고통이나 우울의 한 단면을 더욱 어둡게 바라보게 되기 때문이다.

나 또한 그랬다. 남편과의 불화, 아이가 없다는 것에 대한 시누이들의 불만과 스스로의 자괴감, 쪼들리는 경제력 등등 때문에 삶이 너무도 고통스러워지자 나만의 색안경을 쓰고 마음의 문을 닫았었다. 그러고는 나만의 잣대와 시선으로 세상을 바라보면서 모든 고통은 내게만 주어진다고 비명을 질러댔다.

친정엄마는 아버지와의 불화로 방에다 연탄불을 피워 놓고 자살을 시도했었다. 사춘기 시절 그 장면을 목격했던 나는, 아마 어쩌면 엄마의 영향으로 인해 자살을 더욱 쉽게 생각하고 단정 지을 수 있었는지도 모르겠다. 그러나 엄마가 이후 80세까지 세상을 살피다 돌아가셨듯, 나 또한 엄마처럼 다시 살아나 꿋꿋하게 살아가고 있다.

돌이켜보면 당시엔 죽고 싶을 정도로 나를 괴롭히던 것들이 지나고 보니 아무 것도 아니었다는 생각이 들곤 한다. 전혀 해결될 것 같지 않았던 문제들도 내가 색안경을 벗고 주어진 상황과 내 자신을 똑바로 들여다보자 해결 가능한 문제로 다가왔다.

세상에 자신을 이해하고 응원해 주는 사람이 하나만 있어도 자살하지 않는다는 말이 있다. 당시에 나는 그 누구와도 대화를 나누지 않았었다. 내가 처한 상황에 자존심이 상하기도 했었고, 자존감이 너무 낮아져서 그 누구에게도 내 상황을 이야기하고 싶지 않았다. 그랬기에 극단적인 생각을 하였을 것이다. 그때 만약 내가 누군가에게 내 심정을 털어놓고 눈물이라도 흘렸다면, 나는 적어도 약을 구하러 다니거나 옥상으로 올라가지는 않았을 것이다. 그러나 당시 나는 그 누구도 내 곁에 오는 걸 원하지 않았고 혼자만의 세상에서 살았다.

누군가 휘청거리고 있을 때, 주위 사람들의 도움은 반드시 필요하다. 눈물을 흘리든, 화를 내든 귀 기울여 하소연을 들어주고 받

아 주는 사람이 있다면 절대로 마지막 선택을 하지 않을 것이다. 절망에 빠진 사람은 지푸라기라도 잡고 싶은 심정이다. 그럴 때 "열심히 살아보자, 너는 잘할 수 있어. 견뎌 내면 좋은 날이 반드시 올 거야. 믿어 봐. 내가 도와줄게."라고 이야기해 주면 삶을 포기하고 싶은 사람들은 스스로 마음의 빗장을 열고 세상을 향해 걸어 나올 것이다. 막상 위태로운 순간을 견뎌 내고 나면 주위 사람들로 인해 살아가는 것이 희망적일 때가 더 많다는 것은 진실이다.

만약 당신이 절망에 빠진 이를 알고 있다면 상담 센터나 정신 건강 의학과를 방문하여 상담 받도록 도와주는 것도 방법이다. 상담을 하면서 하소연을 하다 보면 현실 문제의 해결책을 찾을 방법도 있을 수 있고, 다시 살고픈 욕구가 치솟기도 할 것이다. 당신이 누군가를 귀하게 여겨 주고 토닥여 준다면, "그래, 다시 일어설 수 있어."라고 힘을 준다면, 당신은 이미 한 사람을 살린 것이다.

쓰러지면 다시 일어나면 된다. 열 번이고 백 번이고 일어나 걷다 보면 어느새 달라진 내 삶의 모습에 웃고 있는 자신을 볼 수 있다. 살자. 그것도 아주 잘 살자. 그것만이 절망에게 복수하는 길이다.

자살 예방 및 위기 상담 전화번호

· 희망의 전화 129

· 생명의 전화 1588-9191

· 청소년 전화 1388

· 24시간 정신 건강 위기 상담 전화 1577-0199

· 중앙 자살 예방 센터 02-2203-0053

· 한국 자살 예방 협회 02-413-0893

· 자살 예방 센터 031-214-7942(수원), 031-247-7940(수원)

· 자살 예방 상담 전화 051-743-4445(부산)

· 대한 정신 건강 재단 www.mind44.com(해피 마인드 상담실)

· 대한 정신 건강 의학과 의사회 www.onmaum.com(온 마음 상담실)

나를 찾아 떠나는 여정

떠나가는 것에는

남김을 허용하지 않는

삶의 냉소가 있다

-둥지-

이혼이란 결혼한 부부가 가족임을 해체하는 것을 뜻한다. 요즘 유행하고 있는 졸혼(卒婚)도 결혼 생활을 끝내는 것은 아니다. 별거도 마찬가지다. 배우자의 사망이 아닌 경우, 현재의 결혼 생활을 끝내는 것은 법적으로 이혼을 통하는 것만이 가능하다. 그 외에는 법적으로 부부관계가 유지된다.

남자와 여자는 성인이 되면 결혼을 하면서 사회적으로나 법적으로 가족이라는 테두리가 만들어진다. 본인들의 자유의지로 결혼을 하여 가족을 만드는 것과 마찬가지로 가족의 해체인 이혼 또한 자발적으로 자신의 삶을 선택하는 인간의 기본권이라 할 수 있다. 하지만 예로부터 우리나라의 사회나 가족은 남성 중심이었기에 가족이라는 테두리 안에서 여자의 희생을 강요하거나 정당화하려는 분위기가 당연시 여겨졌다. 그러므로 여성들이 이혼이라는 자발적 삶을 택하여도 이혼은 사회적으로 입지가 약한 여성에게 현저히 불리할 수밖에 없다. 아무리 세상이 빠르게 변해 가고 있다고는 하지만, 사회적 약자인 것을 알면서도 이혼해야만 하는 여자들을 이해해 주는 사람들은 많지 않다.

결혼 생활을 포기하는 이혼 부부가 점점 증가하는 추세인지라 이제는 이혼으로 인해 주홍 글씨를 달지 않고 좀 더 당당해질 수 있는 시절이 되었지만, 여전히 이혼에 대한 시선이 곱지 않은 것도 사실이다.

"애를 생각해서라도 참고 살아야지, 왜 이혼을 해? 여자한테 분명 문제가 있을 거야. 그러니 남편이 이혼했지."

이혼한 여성들에 대한 편견을 서슴없이 드러내며 수군거리는 사람들은 도처에 널려 있다. 이혼한 사람들을 향해 자녀를 배려하지 않는 이기적인 행동이라거나, 이혼의 귀책사유가 남편에게 있음을 뻔히 알면서도 여자에게 도덕적으로 문제가 있을 것이라는 곱지 않은 시선으로 매도하는 경향도 있다. 그러니 그 이전에 결혼 생활을 유지하는 동안 그들이 겪고 감내해야만 했을 고통을 한 번쯤은 생각해 보고 이해하려는 노력이 필요하다.

사람은 누구나 본능적으로 행복하기를 원한다. 불행해지기 위해 결혼하는 사람은 세상에 단 한 명도 없다. 그렇기에 그 누구도 이혼을 꿈꾸며 결혼하지 않는다. 그럼에도 불구하고 어쩔 수 없이 이혼해야만 하는 사람들은 평생 떨어지지 않을 주홍 글씨를 가슴에 새기며 고통받아야 하는 약자이다. 이혼한 사람들을 향해 마치 자신들이 그들보다 우월한 삶의 위치에 있는 것처럼 수군거리는 사람들을 보면 깊은 상처에 소금이 뿌려지듯 가슴이 쓰라릴 수밖에 없다.

시선을 돌려 보면 무늬만 부부인 채 억지로 사는 부부들도 많다. 물론 핑계는 자녀들을 위한 것이다. 남편이나 아내에게 사랑을 받기는커녕 무늬만 부부임에도 자신들은 이혼하지 않았으니 고귀한 삶을 사는 것처럼 이혼한 사람들을 심하게 비하하는 것을 많이 보았다. 동그란 구멍에 절대로 맞지 않을 네모난 말뚝을 박으면서 서로에게 네 탓이라며 으르렁거리며 사는 사람들이 이혼한 사람들을 비하하니, 가끔은 실소가 나오기도 한다. 씁쓸하지만 자신이 하지 못하는 이혼을 당당히 했기 때문에 억울해서 그럴 거라고, 나는 그렇게 치부해 버린다. 적어도 이혼을 결심한 사람들은 자기 자신을 사랑하는 사람들이라는 것을, 그들은 모르는 것이다.

　부부의 이혼은 어찌 보면 한쪽의 탓만도 아니다. 한쪽이 일방적으로 심하게 하는 경우도 있지만, 그런 상황을 견디다 보면 일방적으로 당하던 쪽에서도 상대에게 억하심정이 일어 상대를 비하하거나 무심하게 대하게 된다. 그러다 보면 고통스런 일련의 일들이 계속 일어나기 마련이다.

　배우자를 동등한 존재로 보지 않고 낮잡아 보며 경멸하면서 사는 부부, 자신은 결코 변하지 않으면서 상대방은 무조건 자신에게 맞추어야 한다는 부부, 아예 대화가 단절되거나 툭하면 폭력을 휘두르며 싸움하는 부부들은 좀처럼 사이가 좋아지지 않는다. 부부 관계는 악조건 속에서 무조건 참고 견딘다고 해서 해결되는 것도 아니다. 그럼에도 부부 관계를 유지하는 이유는 그 생활에 익숙해져서 일 수 있고, 자녀에게 이혼 가정의 슬픔을 안겨 주기 싫어서 일 수도 있다. 속된 말로 살아 보면 그 여자가 그 여자고, 그 남자가 그 남자라는 인식이 강해 스스로의 삶에 안주하면서 그냥 그렇게 살아가기도 한다. 하지만 정말 죽일 듯 서로를 원수처럼 여겨 상처 주며 생활한다면 그것을 가족이라고 할 수 있을까? 부모의 그러한 모습을 바라보며 가슴 졸여야 하는 자녀들은 과연 행복할까?

이혼 위기에서 정기적으로 부부 상담을 받고 있음에도 불구하고 둘 사이가 좀처럼 좁혀질 기미가 보이지 않는다면, 싸움과 냉담은 지속되는데 해결책이 없다면 상대를 놓아주는 것도 하나의 방법이다. 억지로 결혼 생활을 이어 나가는 것은 본인은 물론 배우자에게도 이롭지 않다. 궁극적으로는 서로에게 더 큰 상처가 될 뿐이다. 그럴 때는 과감하게 서로를 놓아주는 것도 생각해 보자. 서로 미워하면서 같은 공간에 머무는 것보다 서로의 행복을 위해서 떨어져 살아 보는 것도 현명한 방편일 것이다.

무엇보다 앞으로 남은 자신의 인생에 대해 심각하고 과감하게 생각해 보는 것도 행복을 찾는 괜찮은 선택이다.

이혼을 도덕적으로 무조건 나쁘게만 바라보는 시선도 바뀌어야 한다. 이혼은 부득이하게 어쩔 수 없는 사정으로 인하여 가정을 해체해야만 하지만, 반대로 생각해 보면 서로에게 좀 더 나은 미래라는 기회를 주기 위한 것이기도 하다. 또한 자신에게 주어진 삶을 자신답게 영위할 수 있는 길이기도 하다. 물론 쉽지는 않다. 이혼은 진정한 나를 찾아 떠나는 길고 험난한 여정이기 때문이다. 그렇기에 더욱 고달프고 외로울 수 있다. 그럼에도 불구하고 자신다움을 찾아간다면, 쉽진 않겠지만 보다 행복한 미래를 살 수 있을 것이다.

결혼한 이후, 나는 '감사함'을 아예 잊고 산 듯했다. 현실과 이상의 괴리에서 생기는 불만을 해결하지 못한 채, 내 생애는 왜 이렇게 힘들고 어려운가에 대한 짜증만 가득했다. 아주 가끔은 그 많고 많던 불만 중에 하나가 해결되면 고마움을 느낄 법도 하였을 것이련만 그러한 마음의 여유조차 갖지 못했다. 아니, 어쩌면 그럼에도 불구하고 살아야 할 이유가 너무 많았기에 견뎌 냈을지도 모를 일이다. 그것을 오랜 세월이 흐른 후에야 알았을 뿐이다.

　두 번의 이혼을 겪은 후, 나는 아주 작은 일에도 감사함을 잊지 않고 산다. 건강한 것도 감사하고, 사랑하는 딸이 예쁘게 잘 자란 것에도 날마다 감사하고, 밥 잘 먹어 주는 것에도 감사하다. 아무리 나쁜 상황일지라도 감사할 거리를 찾아보면 아주 조그마한 부분이라도 감사할 부분은 반드시 있다. 그러다 보니 이제는 누군가 미워져도 미워하기 이전에 감사거리를 먼저 찾으려고 노력한다. 날마다 상대에 대해 감사한 것 5가지씩 적는 것을 한 달만 해 보면 세상에서 가장 귀한 사람은 곧 나와 함께 하는 그 사람이 될 것이다. 물론 쉽지는 않다. 하지만 감사한 삶을 영위하니 예전에는 미처 알지 못했던 행복의 의미를 조금씩 더 알게 되는 것 같아 좋다.

　감사하는 마음을 갖게 되니 현실과 이상의 괴리에서 생기는 불만이 없어지는 효과도 크다. 불만이 없어지고 현실에 만족하니까 짜증이 사라졌고, 짜증이 사라지니 만사가 고맙고 감사한 일이 너무도 많다. 아침에 눈뜨면서부터 밤까지 감사한 일의 연속이다. 지금 이 글을 쓰고 있는 순간도 얼마나 감사한지 모른다.

　그래서 이혼한 나는 행복하냐고? 그렇다. 나는 진정으로 나 자신을 찾아 떠나는 여정에 합류했고 감사한 삶을 살고 있다. 그러므로 나는 행복하다.

　이혼, 하길 정말 잘했다.

이혼,
그 쓸쓸함

하나는 외로워 둘이 되었지만

결국 혼자 되는 외로움

삶은 외로운 거라고

진실을 말한 이는 누구일까

－진실－

　결혼식장에 가 보면 신랑 신부 모두 행복에 들떠 있는 모습이다. 상대의 눈빛만 봐도 참기름이 뚝뚝 떨어져, 보는 사람마저 기분이 좋다. 그런 모습을 보면 이혼하기 위해 결혼하는 부부는 없다는 것이 정답이다. 모두 행복하게 살기 위해 결혼하는 것이다.

　하지만 결혼하는 순간 환상은 냉정한 현실로 바뀐다. 어떤 사람이 농담으로, 결혼하는 순간 남편에 대한 콩깍지가 단 5분 만에 벗겨지더라는 이야기를 해서 웃은 적이 있다. 어찌되었든 행복하고

자 한 결혼이 예상외로 서로에게 상처가 되어 이혼이라는 아픔을 맞이해야 하는 부부들이 있다.

상실의 아픔을 경험한 사람은 안다. 그 아픔이 얼마나 삶을 무력하게 만드는지를. 이혼은 어떤 면에서는 상실이다. 부부 관계를 지속하기 어려울 만큼 상태가 악화되었기 때문에 이혼을 선택하게 되지만, 어떠한 상황에서든 헤어짐은 상실이며 아픔일 수밖에 없다. 홀로 극심한 고통에 빠져 있을 때는 그 누구도, 그 무엇도 위안이 되지 못한다. 그러나 그 어느 것도 내 삶에 위안이 되지 못할 것 같은 상황이지만, 틀에서 벗어나 냉정하게 자신을 투사해 보면 이혼이 또 다른 희망이 되기도 한다.

사랑해서 결혼했지만 살다 보니 결코 맞출 수 없는 부분이 너무도 많아 불화가 잦다면, 상대에 대한 미움이 쌓이고 상대를 위하는 마음이 없을 수밖에 없다. 마음이 없는 상태에서도 책임과 의무만 다하는 것을 미덕이라고 착각하며 사는 사람들도 많지만, 과연 내가 행복하지 않은 상태에서 진정한 미덕이 나올지는 냉정하게 생각해 보아야 한다.

어느 순간 자신의 삶이 사라졌다는 것을 깨달았을 때, 그때는 이미 마음이 사막처럼 황폐해질 대로 황폐해진 뒤다. 그렇기에 행복하지 않은 결혼 생활을 유지하다 보면 누구나 한 번쯤 이혼을 꿈꾸기도 한다. 그러나 현실적으로 이혼을 하기까지는 수많은 걸림돌이 있다. 막상 이혼하려면 두려움이 앞서고, 스스로 미덕이라고 착각하는 부분도 일조하여 다시 마음을 다잡기도 한다. 상실의 아픔을 견딜 자신이 없는 것이다.

아무리 부부가 서로 원수처럼 지낸다 하더라도, 자녀가 있는 이상 부부의 이혼으로 자녀에게 닥칠 시련과 상처를 생각하지 않을 수 없다. 그렇기에 이혼을 생각했다가도 자녀들의 삶을 위해 그냥저냥 견뎌 나가게 된다. 더구나 전업주부로 생활하던 여성은 경제적으로 독립할 자신이 없어서 더욱 망설이게 된다. 그럼에도 어느 순간 번개가 번쩍 치는가 싶더니 돌아보면 덩그러니 이혼한 자신을 발견해 깜짝 놀라게 되는 경우도 왕왕 있다. 그러다 보니 경제적으로 준비할 경황도 없었고, 갑작스런 가족의 해체에 생각보다 더 많이 허둥거리게 된다. 아이와 함께 살지 못하면 눈에 어리는 아이 모습 때문에 눈물과 함께 하루에도 몇 번씩 가슴이 찢어질 것이다. 아빠 없이 혹은 엄마 없이 아이와 사는 삶, 혹은 혼자만의 시간에 익숙해지기까지도 오랜 시간이 걸린다. 좋든 싫든 남편, 아내라는 존재가 옆에 있을 때는 비록 낡은 울타리라 할지라도 바람막이 역할을 해 주었건만, 이제는 울타리 없는 집에 문고리마저 고장 난 것 같은 불안감에 휩싸이게 된다.

만약 당신이 젊은 나이에 이혼을 했다면 사람의 체취가 그리워지기도 하는 순간이 문득문득 찾아올 것이다. 좋든 싫든 부부가 함께 생활했을 때엔 섹스리스가 아닌 이상 서로 스킨십을 유지하기도 했을 터였다. 이혼한다는 것은 가정의 해체뿐 아니라 스킨십역시 사라진다는 전제가 깔린다. 사람이 가장 사랑받는다고 느낄때는 사랑하는 사람과 함께 섹스를 하고, 상대의 체취를 느끼며자주 스킨십을 할 때라고 한다. 하지만 이혼한 사람들은 섹스는커녕 새롭게 사랑하는 사람을 만나면 모를까, 그렇지 않으면 밤마다허벅지를 바늘로 콕콕 찔러야 하는 날이 많을 수밖에 없다. 물론

사람에게 질려서 이성이라면 진저리를 치는 사람도 간혹 있기는 하다. 이혼은 그 모든 것을 감당해야 할 자신이 있을 때 해야 하는데, 그렇지 못한 경우도 많을 것이다.

법정 소송으로 이혼하지 않고 협의 이혼한 사람들을 보면, 대개 계획적으로 이혼을 오랫동안 준비했다기보다 불화 속에서 오랫동안 숨겨져 있던 마음의 상처가 드러나 어느 순간 갑자기 이혼을 결정하게 되는 경우가 많다.

부부가 이혼하게 되면 가장 큰 문제가 재산을 나누는 것이다. 부부 관계가 좋을 때에는 재산이 누구 명의로 되어 있든 문제가 안 되지만, 이혼을 하게 되면 재산 다툼으로 법정까지 가기도 한다. 재산 분할은 부부 모두의 정당한 몫이자 권리이다. 이혼 시에는 반드시 부부의 재산 관계를 정리할 필요가 있다. 재산 중 분할 대상이 되는 것은 부부 공동 명의의 재산, 공동생활을 위해 취득한 가재도구, 비록 명의가 부부 중 한 사람 앞으로 되어 있지만 실질적으로 부부의 공유에 속하는 주택, 기타 부동산, 예금, 주식 등이다.

남자들은 만약 자신이 이혼하게 된다면 자신이 소유한 재산은 모두 아내에게 줄 것이라고 호기롭게 말하곤 한다. 현실은 정말 그럴까? 이혼은 현실이다. 자신이 앞으로 살아갈 날을 생각해 보면 보다 냉혹해져야 하기 때문에 금전적으로 냉정해질 수밖에 없다. 재산을 주기는커녕 조금이라도 덜 주려고 안간힘을 쓴다. 이혼하고 나면 자신도 살아가야 하기에, 절대적으로 재산을 고수하기 위해 악착같아지는 것이다. 그 부분을 간과하지 말아야 한다.

만약 이혼을 염두에 두고 있다면, 이혼하기 전에 또는 이혼 소송 시에 위자료와 양육비, 재산 분할에 대하여 충분히 알아 두어야 한다. 이혼에도 노력이 필요하다.

이혼이
어때서?

흐르는 것이 강물만은 아니라지

건너는 것이 징검다리만은 아니라지

삯짐을 지고 걷는 것이

굽은 등만은 아니라지

산다는 것은 흐르는 것이라고

흐르는 것에 익숙해지는 것이라고

－흐르는 물－

　100세 시대다. 평생 한 여자, 한 남자만을 바라보며 60년 이상
살아야 한다. 기나긴 세월 서로 등 돌리며 살지 않으려면, 부부가
서로 노력하는 수밖에 없다. 대부분의 부부는 가정을 소중하게 여
기며 삶의 전부라 여긴다. 아내는 남편이 자신과 가족에게 잘하는
것에 자부심을 느끼며 살고, 남편은 가정을 위해 자신을 헌신한다.

'남편은 여자 하기 나름'이라는 광고 카피처럼, 아내 또한 남편 하기 나름이다.

부부가 함께 행복한 삶을 영위하기 위해서는 자신의 이익이나 즐거움보다는 상대에 대한 배려와 애정이 담보되어야 한다. 상대에 대한 배려와 가정을 지키기 위한 노력을 해야만 행복한 생활을 할 수 있는 것이다.

그럼에도 결혼한 사람이면 살아가면서 누구나 한 번쯤 이혼을 생각하기도 하고, 때로 실천에 옮기기도 한다. 이혼을 하기 위해서는 서로 합의하거나 아니면 법정에다 이혼 소송을 하여야 한다. 그런데 어처구니없이 이혼을 당하는 사례도 있다.

사업체를 운영하는 40대 남자에겐 남편 내조에 헌신적인 아내와 어린 아들이 있었다. 하지만 그는 언제부턴가 자신의 사무실에서 일하는 젊은 여직원과 사랑에 빠지고 말았다. 아내는 남편과 여직원의 관계를 알게 되었고, 당연히 다툼이 잦았다. 그들은 부부 관계도 갖지 않았다. 그야말로 섹스리스 관계가 된 것이었다. 다만 그들은 자식을 위한다는 핑계로 이혼을 하지 않고 오랜 세월을 흘려보냈다.

남자는 여전히 젊은 여직원과 관계를 유지했고, 여직원은 남자에게 결혼을 요구했다. 한집에서 살고 있긴 하지만 부부는 서로 냉랭하게 외면하며 살았다. 그러한 세월이 오래 흐르자 아내에게도 남자 말벗이 생겼다. 아내의 변화를 눈치 챈 남자가 이때가 기회다 싶었는지, 아내에게 남자 친구가 생겼다는 핑계를 대며 집요하게 이혼을 요구했다. 결국 부부는 이혼했다. 남자는 아내에게 위자료도 주지 않았으며 이혼하자마자 여직원과 곧 바로 결혼식을 올렸다.

처음부터 가정 파탄 문제는 남자에게 있었지만, 결국 아내가 가정 파탄이라는 죄를 뒤집어 쓴 채 이혼하게 된 억울한 경우다. 이혼 후 그녀는 궁핍한 생활을 하고 있지만 남편과 헤어진 것에는 미련이 없다고 딱 잘라 말했다. 그나마 성인이 된 아들이 자신을 이해해 주었기 때문에 무엇보다 감사하다고 했다. 그녀는 현재 자신의 일을 찾아 열심히 잘 살고 있다.

아래 경우도 참으로 마음이 아프다.

30여 년 전에는 구두를 기성화보다 수제화로 맞춰 신는 것을 사람들은 좋아했다. 당시 여대생이던 K는 자주 가던 구두 가게가 있었다. K에게는 번듯한 직장에 다니고 있는 꽤 괜찮은 남자 친구도 있었는데, 어찌된 일인지 구두 가게에서 일하는 멀끔하게 생긴 남자와 사랑에 빠지고 말았다. 결국 K는 남자 친구와 헤어지고 구두 가게 남자를 선택했다. 주위에서 보기에도 구두 가게 남자는 K에 비해 여러 면에서 어울리지 않았기에 모두가 우려했지만, 사랑에 빠진 K에게는 그 우려 소리가 들리지 않는 것은 당연했다. K뿐 아니라 사랑에 빠지는 모든 사람들은 현실 분간이 쉽지 않은 법이다.

K는 학교를 졸업하자마자 그 남자와 결혼했다. K의 시댁은 그녀가 상상했던 것 이상으로 가난했다. 방 두 칸짜리 집이었지만 대낮에도 불을 켜야 할 만큼 어두웠고, 장롱이 놓인 K의 신혼 방은 키가 큰 남편이 대각선으로 누워야만 다리를 뻗을 수 있을 만큼 좁았다. 옆방에서는 시어머니와 시누이, 시동생이 함께 복닥거리며 생활했다.

K의 남편을 비롯한 시댁 식구들은 직장을 다닐 때보다 집에서 노는 경우가 더 많았다. 대학을 다닌 적이 없는 남편은 대학을 졸업한 아내에게 열등감이 심했다. 살다 보니 남편은 '말이 통하지 않는 남자'였다. 남편은 대화 자체가 안 될 때마다 열등감이 폭발해 K의 의사를 무시하거나 폭력을 썼다.

K의 시댁 식구들은 여전히 직장 생활을 게을리했고, 시댁의 가

난을 견딜 수 없었던 K는 아이들을 가르치며 생활비를 벌었다. 결국 그녀가 벌어 오는 생활비로 시어머니와 시누이, 시동생, 그녀의 남편까지 빌붙어 사는 형국이 되고 말았다. 당연히 경제적인 문제로 다툼이 잦아졌고 부부 사이 또한 나빠졌다. 아이 둘을 낳고 나서도 여전히 그녀는 돈을 벌기 위해 밖으로 다녀야만 했다. 그동안 K의 남편은 간간히 직장을 다닐 때면 다른 여자를 만나 외도를 하다 들키기도 하였다. 그럴 때마다 남편의 폭력은 더 심해졌다.

급기야 몸과 마음이 지친 K는 그녀를 위로해 주는 남자에게 마음을 열게 되었고, 결국 발각 당했다. 그토록 살려고 발버둥 치며 고생했음에도 불구하고 남편과 시댁은 오직 이혼의 귀책사유를 K에게로 몰아붙였다. 결국 K는 이혼했고, 이혼을 기다리기라도 했듯이 K의 남편은 다른 여자와 살림을 차렸다. 그러나 그 여자는 얼마 지나지 않아 K의 전 남편 곁을 떠났고, 몇몇 여자 또한 그렇게 K의 전 남편과 살다가 결국엔 모두 헤어지고 말았다.

이야기의 전말을 보더라도 K의 전 남편이 결혼 생활에 얼마나 부적합한 사람이었는지가 판명 났음에도 불구하고 여전히 K에게는 주홍 글씨가 선명하게 새겨졌다. 그것이 세상이다. 결혼 생활 동안 파란만장했던 삶의 행로는 지워지고, 단지 이혼했다는 이유만으로 손가락질을 당해야 하는 처지로 전락하게 되는 서글픈 현실이자 차가운 세상인 것이다. 그동안 열심히 살아왔던 아내 입장에서는 그 얼마나 억울한가. 이것이 남성 우월주의 현실이자, 이혼한 여자들이 혹독하게 내몰리는 현실이다.

이와 같은 경우를 보더라도 처음부터 여자들은 이혼을 생각하지 않는다. 물론 남자들도 그러할 것이다. 누구나 가정을 쉽사리 깨려는 사람은 없다. 지치고 지친 끝에 결국 선택하게 되는 것이 이혼이기 때문이다. 그럼에도 불구하고 결국 이혼할 수밖에 없는 상황에 이르렀을 때, 여자들이 부닥치는 현실은 더욱 냉혹할 수밖에 없다. 그녀들도 나처럼 모진 소문의 피해자였을 것이다. 그럼에도 그녀들은 현재 자신의 앞길을 헤쳐 나가며 잘 살고 있다. 이혼은 결코 죄가 될 수 없다.

어떠한 상황으로 인해 이혼을 했든, 이혼의 상처를 보듬어야 하는 사람은 결국 자기 자신이다. 이혼은 상처일 뿐 죄를 지은 것이 아니다. 그럼에도 죄를 지었다는 자책감에 시달리곤 하는데, 상처를 얼른 치유하고 오뚝이처럼 일어서야 한다. 굳건한 심지를 갖고 올바르게 서지 않으면 세찬 바람에 휘둘리고 꺾일 수밖에 없다.

타인들은 그저 동정어린 말로 위로할 뿐, 돌아서면서 눈을 흘기기도 한다. 나도 이혼하기 전에는 아마 그런 부류에 동조했을지도 모를 일이다. 그것이 세상이므로 그들을 비난할 필요는 없다. 그럼에도 이혼했다면 타인의 시선과 입소문에서 당분간 자유로울 수는 없을 것이다. 그러나 오기로라도 타인의 시선과 입소문에 신경 쓰지 말아야 한다.

이 세상에 홀로 서는 순간 두려움이 앞서고 막막함에 사로잡히겠지만, 그럴수록 나 자신이 어떤 사람인지, 내가 얼마나 소중한 사람인지를 빨리 깨닫는 것이 중요하다. 지옥 같은 생활에서 간신히 탈출했는데 그 무엇이 두려울쏘냐, 이혼이 뭐, 어때서? 이혼이 뭐, 죄야? 이혼한 나를 힐난하는 당신이 내 삶에 무엇을 보탰는데? 독하게 마음먹어야 한다.

이혼으로 인해 아이에게 상처를 준 자신이 미워질 때도 많겠지만, 그럼에도 불구하고 자신을 소중히 여겨야 하는 까닭은 이 지구상에 나라는 존재는 단 한 명뿐이기 때문이다. 지구상에 한 명뿐인 나를 내가 소중하게 여기지 않고 비하한다면 주위 사람들 또한 나를 존중하지 않을 것이다. 그러나 자신감을 되찾고 나를 소중하게 여기며 열심히 산다면, 돌아섰던 주위 사람들도 웃음으로 반겨 주는 경험을 하게 될 것이다.

자아 존중감이란 나 자신이 충분히 사랑받을 만한 가치가 있는 소중한 존재라는 것을 아는 것이다. 그러니 평탄치 않은 세상을

홀로 굳건히 살아가려면 나 자신을 존중해야 한다. 자신을 존중하는 사람은 정체성을 제대로 확립할 수 있고, 자신을 믿기 때문에 어떠한 일에도 성과를 이루어 낼 수 있다.

이혼한 후에 가장 먼저 해야 할 일은 주위 사람들이 나를 어떻게 생각할까, 눈치 보고 두려워해야 할 것이 아니다. 내가 나를 사랑하고 존중하는 것을 제일 먼저 해야 한다. 그래야 자신감도 생긴다. 내가 나를 사랑하고 존중하면 어떠한 경우에도 홀로 설 수 있다. 그것이 이혼하고 홀로 서기를 하면서 내가 배운 인생의 지혜이다.

이혼이 뭐, 어때서?

세상 앞에
당당하라

물빛 바람만이 가득한 산사

저 홀로 매화는 붉은데

함박눈만 쏟아져 내린다

빈 둥지 위로 내리는 꽃

－설화－

세상의 편견은 잊고 세상 앞에 당당해져야 이혼의 상처에서도 빨리 벗어날 수 있다. 사람 관계는 다양한 가치관을 지닌 사람들이 서로의 생각을 진실하게 나누고 서로의 존재를 인정하면서 영위해 가는 것이다. 마음을 나누기 위해서는 상처 받는 것을 두려워하지 않을 용기와 긍정의 힘이 필요하다.

내 생각대로 내 몸을 움직일 수 있는 것은 이 세상에 오직 나뿐이다. 누군가가 내 마음을 알아주겠지 하는 생각은 버려야 한다.

본인의 마음을 드러내지 않은 채 내 마음을 상대가 알고 있을 거라고 생각하며 사람을 만나는 것은 위험하기 짝이 없다. 수박도 잘라 보기 전에는 빨갛게 익었는지 안 익었는지를 알 수 없다. 하물며 깊어도 너무 깊어서 정녕 속을 알 수 없는 사람의 마음을 그 어찌 알 수 있으랴. 사람의 마음은 말하기 전에는 알 수 없는 게 정답이다. 나를 드러내야 상대가 나를 아는 것도 그와 같다. 물론 거짓으로 자신을 포장하는 사람도 있지만, 거짓 마음을 걸러 낼 수 있는 혜안을 기르는 것도 필수 중 하나이다.

이혼에 대한 사회적 편견에도 위축되지 말아야 한다. 세상 그 누구도 내 삶을 대신 살아 주지 않는다. 내가 위축되면 상대와의 관계도 불편해진다. 상대도 위축된 감정을 알아차리고 불편한 마음을 갖기 때문이다. 불편한 상황에서는 제대로 되는 것이 별로 없을뿐더러 마무리 역시 좋지 않은 경우가 대부분이다.

대인 관계를 좋게 유지하는 방법 중 하나는 내 삶은 나의 것이라는 당당함이 큰 역할을 한다. 어떠한 상황에서도 당당해지는 태도는 몹시 중요하다. 나의 당당한 태도에 상대가 압도되기까지는 아니더라도 당당함을 인정하게 만들어야 한다. 그러니 눈치 보고 위축되는 마음을 버리고 어깨를 활짝 펴라. 당당하게 어깨 펴고 이혼했음을 알리는 것도 중요하다. 필요하다면 도움도 요청해야 한다. 그러면 뒤에서 수군거리던 그들도 아무렇지 않게 이혼 사실을 받아들이고 당신을 도와주려 할 것이다.

이혼을 하게 되면 자존감이 떨어지는 경우가 많은데, 그 어느 순간에라도 자존감을 잃지 말자. 자존감은 자기 자신에 대한 긍정이며, 자신을 존중하고 사랑하는 마음이다. 자존감이 낮을수록 자신을 인정하기보다는 상대에게 끊임없이 인정받기를 원하고 사랑을 갈망하게 된다. 만약 상대가 그것에 맞춰 주지 않는다면 우울하고 불안한 것은 물론이고 열등감마저 살아나는 부정적인 현상이 일어나기도 한다. 그렇게 되면 더욱 불행해질 수밖에 없다.

'미움받을 용기'를 주장한 심리학자 알프레드 아들러는 자신의 과거나 운명에 얽매이지 말고 "지금 여기에 충실하라."는 메시지를 강조한다. 지금 여기, 현 상황에 충실한 것은 결국 '삶의 의미를 찾으려는 의지'인 것이다. 내 삶의 의지는 내가 찾아야 한다. 아무도 내 삶의 의지를 찾아 주지 않는다. 그것이 곧 자존감이다.

신경 정신과 의사이자 철학 박사인 빅터 프랭클은 제2차 세계 대전 때 독일 나치스 강제 수용소에 수감되어 그곳에서 가족을 모두 잃는 끔찍한 일을 겪었다. 가족을 모두 잃고 자신도 언제 죽을지 모르는 혹심한 수용소 생활에서도 그는 왜 살아야 하는지를 자신에게 물으며 끝까지 희망의 끈을 놓지 않고 버텼다. 그리고 결국 수용소에서 살아남아 자신의 이야기를 책으로 출판했다.

빅터 프랭클은 "어떤 상황에서든 인간이 자신의 태도를 결정하고 자신의 삶의 길을 선택하는 정신적 자유와 권리는 그 누구도 빼앗을 수 없다."고 주장한다. 사람은 '왜 살아야 하는가'에 대한 의문을 놓아버리는 순간 이미 죽은 것이나 다름없기에, 빅터 프랭클은 "삶의 의미를 아는 사람은 어떤 상황에서도 버티지만 그 의미를 상실한 사람은 신경증이나 죽음에 이르게 된다."고 정의했다.

이렇듯 자신의 삶의 의미를 결정짓는 자존감을 잃지 않는 것이 매우 중요하다. 살다 보면 자존감이 바닥을 칠 때가 있지만, 그것

을 알아채고 재빨리 회복시켜야 한다. 자존감은 삶 속에서 긍정적 경험이나 부정적 경험에 따라 변하는데, 이혼은 부정적 경험이 더 크다고 할 수 있다. 그럼에도 불구하고 자기 자신에 대한 확고한 사랑과 믿음이 있다면 어떠한 순간에도 견뎌낼 수 있다. 긍정적인 마음으로 자존감을 회복한다면 합리적인 사고를 할 수 있으며 좋지 않은 상황에 처하더라도 쉽게 극복할 수 있다. 그러니 당당하게 삶의 의미를 찾아 즐겁게 살면 된다.

이혼은 절대 죄가 아니다. 그 누구의 잘못도 아니다. 단지 부부 관계를 더 이상 유지하지 않겠다고 선택했을 뿐이다. 선택은 자신이 하는 것이므로 자신의 삶은 자신이 책임지는 것이 맞다. 그것도 아주 당당하게.

이혼의
종류

사랑이었다고
말할 수 있을 때는
이미 사랑이 끝나고 난 후였다
나는 끝난 사랑은 믿지 않는다
-사랑-

협의 이혼

부부가 이혼하기로 합의되어 법원의 판사 앞에서 협의 이혼 의사를 확인받아 호적법에 의하여 신고함으로써 효력이 생기는 이혼을 말한다.

재판 이혼

법이 정한 이혼 원인이 있는데도 당사자 사이에 이혼의 합의가 이루어지지 않을 경우 판결에 의하여 효과를 발생시키는 것이다. 재판 이혼은 크게 '조정 이혼'과 '소송 이혼'으로 나누어진다.

소송 이혼

소송 이혼은 당사자 간 합의가 되지 않았을 때 진행되는 이혼을 하기 위한 방법이다. 재판상 이혼 사유에 해당되어 법원의 판결 선고로 이혼된다.

조정 이혼

조정 이혼은 분쟁이 발생한 경우에 소송을 통한 판결에 의하기 보다 당사자의 타협과 양보로 경제적으로 분쟁을 해결하기 위하여 설치된 제도이다. 법관이나 학식과 덕망이 높은 사회 저명인사로 구성된 조정 위원이 조정을 주재한다. 이혼 사건의 경우 조정을 통하여 일차적으로 건전한 혼인의 지속을 권유하고, 부득이하게 이혼을 할 경우에도 당사자와 그 자녀에게 미치는 피해를 우선적으로 고려하여 처리함으로써 가정의 파탄에 따른 충격을 최소화할 수 있는 합리적인 절차라고 할 수 있다.

황혼 이혼

결혼 후 오랜 세월을 함께 살아오다가 나이 들어 하는 이혼이다.

재판상 이혼 사유

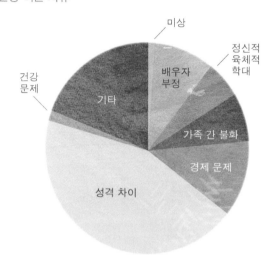

배우자의 부정한 행위가 있었을 때

배우자의 부정행위란 혼인한 이후에 부부 일방이 자유로운 의
사로 부부의 정조 의무, 성적 순결 의무를 충실히 하지 않은 일체
의 행위를 말한다. 성관계를 전제로 하는 간통보다 넓은 개념이다.

부정행위 인지 여부는 개개의 구체적인 사안에 따라 그 정도와 상황을 참작해서 평가한다. 배우자의 부정행위를 안 날로부터 6개월, 그 부정행위가 있는 날로부터 2년이 지나면 부정행위를 이유로 이혼을 청구하지 못한다. 또한 배우자의 부정행위를 사전에 동의했거나 사후에 용서한 경우에도 이혼을 청구하지 못한다.

배우자가 악의로 다른 일방을 유기한 때

배우자가 정당한 이유 없이 서로 동거, 부양, 협조하여야 할 부부로서의 의무를 포기하고 다른 일방을 버린 경우 등을 의미한다.

배우자 또는 그 직계 존속으로부터 심히 부당한 대우를 받았을 때

혼인 관계의 지속을 강요하는 것이 가혹하다고 여겨질 정도의 폭행이나 학대, 모욕을 받았을 경우를 의미한다. 상해 진단서 등이 증거가 될 수 있다.

자기의 직계 존속이 배우자로부터 심히 부당한 대우를 받았을 때

자신의 부모님이 상대방으로부터 폭행이나 학대, 모욕을 받은 경우 등을 의미한다.

배우자가 행방불명 등으로 3년 이상 연락이 되지 않은 경우 등을 의미한다.

기타 혼인을 계속하기 어려운 중대한 사유가 있을 때

부부간의 애정과 신뢰가 바탕이 되어야 할 혼인의 본질에 상응하는 부부 공동생활 관계가 회복할 수 없을 정도로 파탄되고, 혼인 생활을 강제하는 것이 배우자에게 참을 수 없는 고통이 되는 경우 등에 구체적인 사례에 따라 인정될 수 있다. 예컨대 파렴치범으로 복역하는 경우, 지나친 신앙생활, 성기능 장애, 지나친 정신병 등이 해당된다.

〈협의 이혼에 필요한 서류〉

1. 이혼 신고서
2. 가족 관계 증명서
3. 혼인 관계 증명서
4. 주민 등록 등본
5. 협의 이혼 의사 확인 신청서
6. 자녀 양육권 및 친권자 결정 협의서(미성년 자녀 있을 경우에 해당)

〈협의 이혼 절차〉

협의 이혼 신고서 제출 – 이혼 안내 – 숙려 기간 – 법정 출석 – 협의 이혼 확인 등본 교부 – 3개월 내 이혼 신고(3개월 내 이혼 신고를 하지 않으면 이혼은 무효가 된다)

협의 이혼 시 법원은 부부 재산 분할에 관한 것은 관여하지 않는다. 재산 분할에 대하여는 이혼 전 합의를 마치거나 그렇지 못하다면 이혼 후 법정에서 해결해야 한다.

재혼,
서두르지 말자

너는 누구지?

거울 속의 여자가 물었다

그녀는 대답대신 거울을 떠났다

그녀가 머무를 곳은

아무 곳에도 존재하지 않았다

-거울 속의 여자-

M은 이혼 후 전 남편에게 아들을 남
겨 두고 홀로 남매를 키우는 남자와 재혼
했다. 그녀는 시부모를 모시며 재혼한 남자의 아이들을
키웠다. M은 자신의 아들을 데려와 함께 키우고 싶어 했지만 재
혼한 남편이 강력하게 반대하며 아들조차 만나지 못하게 하였다.

그러던 중 M이 분가를 하여 남편과 함께 가게를 운영하게 되었

다. 재혼한 남편은 거의 할 일이 없어 그녀 혼자 가게를 운영하다 시피 하였다. 남편은 날마다 술에 취해 살았다. M은 재혼한 남편 과의 사이에서 딸 하나를 낳았다. 낳고 싶지 않았지만 아이를 낳 아야 여자가 헤어지기 어려워한다고 판단한 남편의 강제 때문이 었다.

아이 셋을 키우며 가게까지 운영해야 하는 M의 삶은 고달팠지 만 그녀는 두 번 다시 이혼하지 않기 위해 정말 열심히 살았다. 그 러나 아이들이나 경제적 문제로 인해 차츰 다툼이 잦아지기 시작 했다. 그럴 때마다 남편은 술에 취해 수시로 폭언을 했다. M의 가 게에 손님으로 갔다가 M에게 남편이 칼을 들이대는 걸 보고 소스 라치게 놀랐던 기억이 있다.

M은 괜히 재혼했다며 가끔 눈물을 흘리며 하소연하곤 했다. 재 혼한 남편과 헤어지고 싶어도 두고 온 아들에 대한 아픔이 있는 터라, 또 다시 자식을 아빠 없는 아이로 만들고 싶지 않다고 했다. 그럼에도 어느 순간에는 당장이라도 이혼하고 싶지만 딸과 함께 살아갈 경제적 능력이 안 된다며 울었다. M의 하소연을 들으며 나 역시 가슴에 통증이 이는 것은 어쩔 수 없었다.

이혼 후에 경제적으로 힘들다거나 외롭다는 이유로 재혼을 서두르는 경우를 종종 본다. 경제적으로 독립하지 못하다 보니 경제적 의존도 때문에 재혼하는 경우가 비일비재하다. 그러나 재혼은 초혼보다 더 신중해야 한다.

이혼한 사람들이 재혼을 하면 서로 상처 받았기 때문에 보듬어 주고 이해해 줄 것이라고? 천만의 말씀, 만만의 콩떡이다. 재혼한 사람들은 처음엔 서로의 상처를 보듬어 주면서 만나는 것도 사실이다. 하지만 서로 치유되지 않은 상처를 안고 사는 사람들이기 때문에 살다 보면 조그만 문제에도 초혼인 부부보다 더 민감하게 받아들인다. 더군다나 각자에게 자녀들이 있다면 민감함은 더 증폭될 수밖에 없다.

흔히 재혼한 가정의 아이들을 일러 '내 아이, 네 아이, 우리 아이'라는 씁쓸한 표현을 하기도 한다. 각자 아이들을 데리고 재혼했을 때는 내 아이와 네 아이를 구분 지으면서 서로의 아이들에게 소홀하다고 서운해 하는 경우가 많다. 그러다가 둘 사이에 아이를 또 낳는 경우에는 내 아이와 네 아이에 우리 아이가 합쳐지면서 서로 힘든 상황을 겪는 경우도 있다. 어떠한 경우든 아이들이 가장 행복한 것은 내 아이와 네 아이를 구분 짓지 않고 우리들의 아이로 키우는 것이 가장 옳은 방법이다. 상대의 아이들을 내 아이처럼 사랑할 자신이 없다면 재혼을 다시 한 번 고려해 보길 바란다. 어떠한 상황에서든 사랑을 먹고 자라는 아이들에게 또 다른 상처가 되기 때문이다.

아무리 이혼했더라도 자녀들이 있는 이상 부부가 완전히 남남으로 살기에는 힘든 부분이 있다. 이혼을 했기에 서로 만나지는 않지만 아이들에게 마저 천륜을 끊으라고 할 수가 없기 때문이다. 이 또한 서로가 인정해 주어야 할 부분이다. 재혼하여 행복하게 사는 부부들도 많지만 그렇지 않은 경우에는 사소한 문제에도 예민해지고, 경제권 문제나 서로의 자녀들 문제로 본의 아니게 갈등을 빚으면서 상처 입게 되는 부분이 의외로 많은 것이 재혼이다. 정말 신중해야 한다.

서로 이혼에 대한 감정이 치유되지 않은 상태에서 만나는 것은 서로의 상처에 소금을 뿌리는 행위일 뿐이다. 조그마한 문제에도 예민해져서 공격적이 될 가능성이 크다. 그러므로 재혼은 이혼의 후유증에서 벗어나 완전히 객관적인 시선으로 상대의 깊은 속을 알고 나서 하는 게 바람직하다. 삶이란 서로를 배려하며 상처를 보듬으면서 살아가는 것이라는 걸 몸소 담아내지 못한다면 재혼은 하지 않는 게 좋다는 것이 내 생각이다.

재혼은 서둘러서 이득이 될 것이 하나도 없다. 내 경우를 보아서라도 절대로 서두르지 말라고 거듭 강조해도 모자람이 없다. 세상사 서둘러서 좋은 것은 아무것도 없다. 자신의 인생과 서로의 아이들의 미래가 달린 재혼은 정말 신중하게 고려하고 선택하여야한다. 상처를 안고 있는 서로를 위해, 나를 위해, 서로의 행복을 위해 재혼은 보다 신중해야 한다.

폭력,
도려내고 싶은 세월

죽고 싶다는 생각이 들 때마다

언제나 슬픔이 먼저 달려와

나를 위로하였다

살고 싶다는 생각이 들 때마다

더욱 슬픈 격정이 나를 흔들었다

세월을 낚듯 나를 건지듯

드리운 낚싯대 하나

무심히 강물에 흘러간다

-낚시-

세상 모든 부부는 부부 싸움을 하면서 살아갈 것이다. 다만 그 강도가 얼마만큼 되는지가 문제이며 싸움 후 해결을 어떻게 하느냐에 따라 부부 관계의 애정 전선이 드러날 뿐이다. 물론 특이하게 "우리는 부부 싸움을 한 번도 하지 않았어요."라고 말하는 사람들을 가끔 본다. 정말 부부 관계가 좋아서 싸움을 하지 않는 부부도 있지만 싸움조차 하지 않는 냉담한 부부인 경우도 많다. 어찌됐든 부부간에는 때론 싸움도 필요한데, 충돌 없이 살 수 있다면 그보다 더 좋은 일은 없을 것이다.

남편에게 순종적인 S가 부부 싸움을 하였다. 남편은 경찰이었다. 부부 싸움이 심해지자 남편이 S를 화장실로 밀어 넣었다. 화장실 바닥에 내동댕이쳐진 S는 남편을 보고 경악하고 말았다. 남편이 S에게 권총을 겨누고 있었던 것이었다. 그 전에도 남편은 부부 싸움 끝에 S에게 이불을 뒤집어씌우고 발로 걷어차긴 했지만 남편이 총을 꺼내 든 것은 처음이었다. 그날은 S의 남편이 자신의 분노를 다스리지 못한 날이었다. 실제로 총은 쏘지 않고 위협만 했지만 S는 극도의 공포에 떨어야 했다.

그날 이후 S는 남편에게 언제 어느 때 총 맞아 죽을지 모른다는 트라우마가 생겼다. 남편과 다툼이라도 생길라치면 S는 총을 생각하며 꾹 참았다. 그렇지만 이후 남편이 너무도 무서워 견딜 수가 없다고 했다. 결국 S가 살기 위해 선택한 것은 이혼이었다. 이혼 이후 그녀는 더 이상 공포에 시달리지 않아 너무나 좋다고 했다.

어쩌다 보니 폭력을 휘두르게 된 사람도 있고, 습관적으로 폭력을 행사하는 사람도 있다. 하지만 폭력에 있어 횟수는 중요하지 않다. 폭력의 가장 큰 문제는 상대를 무기력하게 만들고 자존감을 아예 깡그리 없애는 데에 있다. 동물들도 학대를 지속적으로 당하다 보면 겁에 질려 몸만 움츠릴 뿐, 아무런 행동도 하지 못한다. 폭력은 사람에게나 동물에게나 가장 비인간적이고 최고로 악질적인 행동이라고 단언한다.

폭력을 쓰는 사람은 모르겠지만 당하는 사람은 분노에 시달리면서도 자존감을 상실해 모든 것에 무기력해진다. 폭력을 행사한 당사자를 볼 때마다 식은땀이 흐를 정도로 공포에 떨게 되는데, 그 공포는 상상 이상이다. 그렇기 때문에 자기 자신을 잃어버리게 되는 것은 한순간이다.

나 또한 폭력에 노출될 때마다 자존감은 바닥으로 내동댕이쳐졌고 삶의 의욕을 잃었다. 폭력을 행한 당사자를 보거나 생각할 때마다 극한 분노와 공포에 나도 모르게 심장에 무리가 갈 정도로 몸이 떨렸다. 폭력을 당하고 나면 몸에 남은 아픈 상처보다 마음의 상처가 훨씬 더 크기 때문에, 그 무엇으로도 위로 받을 수 없다. 가장 큰 문제는 너무나 자존심이 상해서 그 누구에게도 폭력을 당했다는 말을 할 수 없다는 것에 있다. 누군가에게 말을 해야 도움이라도 받을 수 있을 텐데, 그것조차 할 수 없을 만큼 대미지가 큰 것이 폭력이다. 폭력을 당한 사람들은 그토록 암울한 시간을 보내다 보면 삶을 버리고 싶다는 생각에 자주 휩싸이게 된다. 그 고통이 얼마나 두렵고 무서운지 사람들은 감히 상상조차 하지 못할 것이다.

만약 당신과 관계된 사람이 어느 누군가에게 폭력을 행사한다는 것을 알게 된다면 당장 그 사람과의 인연을 끊으라고 감히 말하고 싶다. 그들은 사람의 탈을 쓴 악마일 가능성이 농후하다. 그들은 사람들을 괴롭히는 암보다 더한 최악의 존재다.

술 먹고 주사가 있는 남자는 무조건 결혼 대상에서 피해야 한

다. 더군다나 폭력을 쓰는 주사라면 결단코 결혼하지 않아야 한다. 주사는 습관이며 폭력은 대물림한다. 그렇기에 결혼 전에 가족력을 보는 것도 중요하다. 폭력은 지속적으로 이어질 가능성이 크다. 폭력에 시달리다 남편을, 아버지를 죽이는 경우도 있다. 그 얼마나 서로에게 잔인한 삶인가. 포악질을 부리는 인간 때문에 자신의 인생을 망칠 수는 없다. 폭력의 굴레에서 벗어나는 것만이 살길이다. 서둘러 헤어져라. 폭력은 고쳐지지 않는다. 폭력 앞에서는 삶의 희망이 보이지 않는다. 내가 나의 꼬리를 잘라먹기 전에 얼른, 폭력을 쓰는 배우자에게서 탈출하라. 그것만이 살 길이다.

가정 폭력
대처하기

묵은지처럼 오래된 슬픔이

덧나지 않는 생채기로 남은 오늘

끊을 것이 어찌 사람의 마음뿐이랴

어제도 오늘도 주라발을 끊고 가는

취모리(吹毛利) 그 서슬 퍼런 눈물

－주라발(周羅髮)－

　부부나 부모, 자식 등 가족 사이에 일어나는 가정 폭력 행위에는 신체적·정서적·언어적·성적 학대, 유기, 협박 등이 있다. 상대방의 경제적 자유를 박탈하거나 상대방의 의견을 무시하고 본인의 의견을 강요하는 행위도 가정 폭력에 포함된다.

　가정 폭력도 폭행죄 중 하나다. 특히 배우자 폭행에 있어서는 남편이 아내를 폭행하는 비율이 훨씬 더 높다. 더군다나 가해자인 남편이 알코올 중독이나 의처증 등이 있을 때는 배우자를 소유물로 생각하는 경향이 있어, 폭력의 정도가 더 심해지고 상황 또한 아주 심각하다. 날이 갈수록 데이트 폭력이나 가정 폭력의 정도가 심해지고 있는 상황이지만, 사회적 인식은 가정에서 일어나는 사적 갈등으로 치부하거나 '부부 싸움은 칼로 물 베기'라는 편견이 더 강해 가정 폭력에 대한 대처가 미흡한 것도 사실이다.

하지만 가정 폭력도 엄연한 폭력이다. 어쩌면 가정이라는 울타리 안에 숨겨진 가장 비열하고 악랄한 것이 가정 폭력일지도 모른다. 그렇기에 가정 폭력은 벌을 받아야 마땅하다는 인식의 변화가 시급하다. 동시에 가정 폭력 피해자를 가해자에게서 격리시키고 보호하는 조치도 반드시 필요하다.

수시로 행해지는 남편의 폭력을 견디다 못해 남편을 살해한 여성에 관한 뉴스가 나올 때가 있다. 가해자가 될 수밖에 없는 여성은 평생 남편 때문에 극심한 공포와 불안감을 안고 살았을 것이다. 그렇다고 사람을 죽이는 것은 잘못한 행동이지만 폭력에 대한 극심한 불안과 공포는 겪어 보지 않은 사람은 절대로 이해할 수 없을 것이다. 폭력과 공포를 견디다 못해 나 또한 P를 죽이고 싶었다. 다만 실행에 옮기지 않았을 뿐이다. 평생 폭력의 피해자로 살다가 어느 순간 가해자가 되는 여성들은 남편에게 죽임을 당하기 전에 자기방어로 가해자가 될 수밖에 없었을 것이다. 참으로 가슴 아프고 안타까운 일이다.

사람은 누구나 할 것 없이 소중하고 존귀한 대상이다. 그러므로 충분히 사랑받을 자격이 있다. 동물도 마찬가지다. 생명 그 자체의 존귀함과 사랑의 소중함을 모르는 사람들이 폭력을 행사하는 경우가 많다. 사람이나 동물에게 함부로 폭력을 행하는 것은 악질적인 범죄다. 사람이든 동물이든 그 누구도 학대와 모욕을 받으며 비참하고 고통스러운 삶을 살아야 할 이유는 없다.

가정 폭력은 처음 발생했을 때 적극적으로 대처하는 것이 중요하다. 만약 배우자에게 폭력을 당하고 있다면 창피하다고 숨길 것이 아니라 주변 사람들에게 도움을 청해야 한다. 그래야 폭력 발생 시 이웃이 달려와 당신을 돕고 신고할 수 있다. 만약 이웃에게 알리는 것이 극도로 망설여진다면 가정 폭력 신고 센터나 상담소에 연락해 폭력의 연계 상황에서 벗어날 수 있도록 도움을 받는 것이 중요하다.

재혼 당시, 나는 폭력과 죽음에 대한 공포가 너무나도 큰 나머지 나중에는 창피함을 무릅쓰고 아래위층에 사는 사람들에게 우리 집 현관 비밀 번호를 알려주었다. 만약에 큰소리가 나거나 무언가 우당탕거리는 소리가 난다면, 즉시 우리 집 현관문을 열고 들여다

봐 주거나 경찰에 신고해 달라고 부탁한 것이었다. 아무리 생각해도 그것만이 가장 빠른 대처 방법일 것 같았기 때문이다.

부부간의 폭력뿐 아니라 아동 학대도 가정 폭력의 일종이다. 부부 싸움을 하다 보면 아이들에게 폭력을 보여 줄 때가 있는데, 목격하는 아이 또한 피해자가 되어 피해 의식에 시달리게 된다. 부모에게 공포와 혐오감을 느끼게 되어 부모에게 마음의 문을 닫게 되는 경우도 생긴다. 또한 부모한테 폭력을 경험한 자녀는 성인이 되었을 때 자신도 폭력을 휘두르게 되는 경우가 발생한다. 폭력이 대물림하는 과정이기도 하다. 그처럼 가정 폭력은 가족 전체에 미치는 영향이 무엇보다 크기 때문에 가정을 해체시키는 원인이 되기도 한다.

무엇보다도 가장 중요한 것은 가정 폭력을 예방하기 위해서는 가정 폭력에 대한 인식부터 바꾸어야 한다는 것이다. 폭력을 행사하는 본인 스스로 폭력은 악독한 범죄임을 인식하여 폭력적 행동을 하지 않는 것이 가장 좋은 방법이다. 그러나 그렇지 못할 경우엔 폭력 피해자 스스로 자기 의지를 잃지 말고 어떠한 방식으로든 폭력에 대응하는 것이 참으로 중요하다. 힘으로 남자를 이길 수는 없지만, 이웃에게 도움을 청하고 즉시 신고해야 한다. 스스로 신고

의식을 강화하는 것도 살아남기 위한 방법이다.

가정 폭력 범죄의 처벌 등에 관한 특례법의 주요 내용

- 응급조치(제5조) : 진행 중인 가정 폭력 범죄에 대하여 신고를
  받은 경찰은 즉시 현장에 임하여 폭력 행위 제지, 범죄 수사,
  보호 시설이나 의료 기관으로 피해자 인도 등의 조치를 하여
  야 한다.
- 임시 조치(제8조) : 피해자를 보호할 필요가 있을 때에는 가해
  자 퇴거, 피해자의 주거 · 직장 등에서 100미터 이내 접근 금
  지 등의 임시 조치를 할 수 있다.
- 긴급 임시 조치(제8조2) : 검사의 직권 또는 사법 경찰관의 신

청에 의해 법원에 청구된 후 조치가 취해지는 기존의 임시 조치를 보완한 것으로, 사법 경찰관의 직권이나 피해자의 신청에 의해 먼저 임시 조치를 취할 수 있다.

• 보호 처분(제40조 제1항) : 판사는 보호 처분이 필요하다고 인정하는 경우 행위자가 피해자에게 접근하는 행위나 피해자에 대한 친권 행사를 제한할 수 있다.

가정 폭력 피해자 보호 지원 체계

• 여성 긴급 전화 1366 : 피해자 긴급 구호 및 112, 119 연계 조치, 서비스 연계, 피해 유형별 시설 안내

• 긴급 피난처 운영 : 가정 폭력 등 피해자 및 동반 자녀에 대한 365일 24시간 임시 보호(최대 7일) 및 숙식 제공, 심리 상담, 의료 지원, 보호 시설, 상담소 등 유관 기관 연계(총 18개소 운영)

• 긴급 피난 현장 상담 지원 사업 : 가정 폭력 · 성폭력 · 성매매 관련 피해 여성이 여성 긴급 전화 1366으로 긴급 피난 전화 시 현장 상담원이 현장에 출동하여 긴급 보호 · 상담 및 의료 · 법률 지원 등의 서비스 제공

• 상담소 : 상담, 보호 시설 인도, 가해자 교정 · 치료 프로그램, 예방 교육

- 보호 시설 : 피해자 보호, 피해자 치료 · 회복 프로그램, 치료
  비 및 직업 훈련 지원

통합 지원 센터

- 원스톱 지원 센터 : 상담 · 의료 · 법률 · 수사 지원 서비스 제공
- 해바라기 아동 센터 : 심리 치료 제공
- 해바라기 여성 아동 센터

지역 협의체 등 관계 기관

- 아동 · 여성 안전 지역 연대 : 지자체, 교육 기관, 경찰, 사법
  기관, 의료 기관 등 민관 협력 관계
- 무료 법률 구조 기관 : 무료 법률 상담, 무료 소송 대리

일과 취미가 주는
활력

무심하게 살자던 세월이 깊었다

나 자신에게 조차도

무심하자던 시간

어느 날 무심의 끝에서 바라보니

내가 웃고 있었다

-무심-

　이혼을 망설이는 이들의 대부분의 이유는 자녀들에 대한 깊은 생각도 있지만, 무엇보다 현실적으로 맞닥뜨리는 가장 큰 문제는 세상을 살아가기 위해 이제부터 혼자서 경제적인 것을 해결해야 한다는 것이다. 직업을 갖고 있는 경우에는 경제적인 부분을 책임 질 수 있어 다행이지만, 전업주부로 살다가 갑자기 세상 밖으로 발을 내딛으려면 그 두려움은 클 수밖에 없다. 그동안 미우나 고

우나 남편이 벌어 오는 돈으로 살았지만, 완전히 혼자가 되면 누군가가 나에게 돈을 갖다 주지 않는다는 사실은 공포에 가깝다.

이혼하고 나면 두렵다. 세상에 홀로 나가는 것도 두렵고, 경제적인 어려움이 엄습하며 홀로 아이를 어떻게 키워야 할지 겁도 나기 마련이다. 남편이라는 울타리가 없으니 모든 게 다 무섭다. 그동안 둘이 의논해 처리했던 모든 일도 혼자 헤쳐 나가야 한다. 그러나 어쩌랴, 이미 물은 엎질러졌고 이혼 도장은 쾅쾅쾅!

나 역시 가장 큰 문제는 경제적 자립이었다. 무엇보다 직장 생활을 하지 않던 사람이 직장을 구하는 것은 하늘의 별 따기였다. 무슨 일을 해야 하는지, 무엇을 어떻게 구해야 하는지도 알기도 전에 두려움이 엄습했다. 그럼에도 살기 위해서는 돈이 필요했고, 돈을 벌기 위해서는 어떠한 일이 되었든 직장을 구해야만 했다. 그러나 마땅한 직업을 구하기도 힘들었을 뿐 아니라, 가장 중요한 것은 내가 무엇을 할 줄 아는가 하는 것이었다. 하지만 아무리 생각해도 내가 자신 있게 할 수 있는 게 별로 없었다. 그러나 당장 먹고 살아야 하는 현실 앞에서 그런 감상에 오래 빠져 있을 수는 없었다. 우선 직장을 알아보았으나, 직장이라는 게 그리 쉽게 구해지는 것이 아니었다. 경제적으로 너무나 무지하고 무능한 여자이자 엄마라는 것만 절감할 뿐이었다.

나는 죽기 살기로 직장을 구했다. 아는 사람을 만나면 체면 불구하고 무조건 직장 부탁을 하였다. 무슨 일이든 주어진 일이면 최선을 다할 생각이었다. 딸과 함께 살아가기 위해서는 무슨 일이든 해야만 했다. 직장을 구하기 위해 혼신의 힘을 다한 끝에, 다니던 직장에서 다시 일할 수 있는 기회가 주어졌다. 내가 좋아하고, 할 수 있는 일을 다시 할 수 있게 되어 그 얼마나 감사한지, 눈만 뜨면 아멘 타불이 절로 나오고 출근하는 발걸음이 그렇게 가벼울 수 없었다.

혼자 사는 사람들에게 일은 희망이자 삶의 빛줄기다. 될 수 있으면 자신이 좋아하는 일, 가장 잘할 수 있는 일을 찾아 열심히 하는 것이 중요하다. 그래야 인생이 덜 힘들게 느껴진다. 나는 천만다행으로 내가 좋아하고 잘할 수 있는 일을 다시 할 수 있게 되었다. 끊임없이 문을 두드린 결과다. 얻고자 하면 길은 열려 있음을 믿고 자신의 길을 뚜벅뚜벅 걸어라. 그 끝에는 당신이 머물 따뜻한 보금자리가 기다리고 있을 것이다.

이혼 후의 삶을 독립적으로 자신 있게 살아가기 위해서는 스스로 '할 수 있는 일'과 삶을 견뎌내기 위해서라도 '하고 싶은 일'이 있어야 한다.

할 수 있는 일은 경제적 안정을 위해서지만, 하고 싶은 일 혹은 취미는 자신의 삶에 활력을 주기 때문에 반드시 필요하다. 돈 벌기 바쁜데 언제 하고 싶은 일이나 취미 활동을 하느냐고 반문할 수도 있다. 나 또한 돈 버는 일에 급급해 내가 하고 싶은 일이나 취미를 포기하고 살아왔었다. 글 쓰는 일이 내 적성에 맞지만, 그것은 직업이기에 취미 활동이 될 수 없었다. 내가 하는 취미 생활이라면 그저 좋은 사람들과 함께 수다를 떠는 것이다. 한참 수다를 떨고 나면 가슴 속 응어리가 어느 정도 해소된다. 수다도 좋은 취미가 될 수 있다.

경제에 도움이 되는 일을 하다 보면 여가 시간 내기가 어려운 것도 사실이지만, 혼자 사는 사람일수록 억지로라도 시간을 내 취미 활동할 것을 권하고 싶다. 현실이 어렵더라도 하고 싶은 일이

나 취미를 갖는 것이 혼자 사는 삶을 보다 윤택하게 해 준다. 취미 활동이 삶에 활력을 주기 때문이다.

취미는 외로움에서 탈출하게 해 주고 삶을 흥겹게 만든다. 돈 버는 것이 취미라면 돈을 열심히 벌면 즐거울 테고, 운동이 취미라면 흠뻑 땀을 흘리면서 스트레스를 날릴 수 있으니 좋을 것이다. 밖으로 다니는 활동이 싫다면 집 안에서 조용하게 음악을 듣거나 책을 읽는 것도 자신의 영혼이 성숙해지는데 많은 도움을 줄 것이다. 마땅한 취미가 없다면 나처럼 뜻이 맞는 사람들끼리 모여 수다 떠는 것도 추천한다. 수다는 마음속의 슬픔을 없애 주기 때문에 스트레스 해소에 무척 좋다.

이래저래 취미 생활을 하는 것은 자신에게나 자녀, 이웃과의 교류 등에 여러 모로 좋다. 열심히 살아야 자신에게 당당하고, 자녀들에게도 부끄럽지 않은 삶을 사는 존경받는 부모가 될 수 있다. 자신뿐 아니라 자녀들의 향기로운 미래를 위해서라도 내 일을 열심히 하면서 취미 생활도 즐기고 활기차게 살아야 한다.

내 인생을 책임져 줄
새 남자?

종종 삶에 허둥대면서

누군가의 가슴에 박히어

빠지지 않는 돌이 되고픈

그런 날이 있었다

살얼음 아래 흐르는

뼈저린 슬픔

－위로－

이혼 이후, 사람들은 앞으로 남은 길에는 꽃길만 펼쳐질 것이라는 환상에 빠지곤 한다. 여태껏 고생하며 살았으니 이제부터라도 잘 살아 보자는 마음에서 생기는 환상일 것이다. 그러나 언제나 그렇듯, 이상과 현실의 괴리는 너무도 큰 법이다.

이혼한 사람들은 외로움을 견디기 위해서라는 명목으로 새로운 상대를 만나고자 애쓴다. 경제적으로 미처 독립하지 못했을 경우에는 농담으로 돈 많은 남자, 여자 타령을 하기도 한다. 그러나 세상의 돈 많은 남자, 돈 많은 여자는 나름대로 자기의 인생을 즐기기 때문에 굳이 재혼에 대한 기대치를 품고 있지 않은 경우가 더 많다.

돈 많은 상대가 내 인생을 책임져 줄 것이라는 얕은 희망은 버려야 한다. 남편 혹은 아내와 헤어지고 나면 돈도 듬뿍 갖다 주고, 당신만을 사랑해 줄 상대는 얼마든지 있을 것이라고 믿었다면, 당장 그 믿음을 깨라.

흔히 사랑은 도처에 널려 있다지만, 그것을 내 것으로 만들려면 초혼 때보다 더욱더 많은 노력과 혜안이 필요하다. 외로움에 사무치다 보면 진정한 사랑은 보이지 않는 법이다. 나의 경우처럼, 급하게 먹는 밥이 체하듯 급하게 찾은 사랑은 큰 시련과 아픔을 동반하는 경우가 더 많다. 사랑은 나이와 상관없이 온다지만 그 말도 믿을 게 못 된다. 사랑은 진정으로 내가 나를 사랑하고 보듬을 때 보이는 법이다. 사랑한다는 상대의 말을 믿기보다 스스로를 사랑하는 마음을 먼저 길러야 한다. 그 이후에 혜안을 갖고 보면 진정한 사랑이 보인다. 사랑 타령, 돈타령만 하다 인생을 낭비하게 되면 그 얼마나 아까운가. 홀로 살아남기 위해서는 남자에게 의존

하려 하기보다 내 일을 갖고 내 인생에 대한 설계에 매진하는 것
이 훨씬 현명한 선택이다.

이혼 후, 자기 자신을 믿지 못하고 경제력을 스스로 해결하기보
다는 이 남자 저 여자, 저 남자 이 여자 등 수시로 상대를 바꿔 가
면서, 혹은 한꺼번에 두서너 명을 만나면서 경제적으로 도움을 받
으려는 사람들이 간혹 있다. 그렇다고 외로움이 달래지지는 않는
다. 또한 경제력이 회복되지도 않는다. 타인들에게 비웃음만 살 뿐
이다. 진정한 경제력은 스스로 노력할 때 이루어진다.

마음이 허전한 것과 외로움은 다른 것이다. 이것을 잘 구별해야
올바른 행동을 할 수 있다. 진정한 외로움은 내가 내 자신을 만나

지 못할 때이다. 오롯이 내 안의 나를 들여다보고 달래 준 다음에야 자신이 어떠한 외로움에 봉착해 있는지를 알 수가 있다. 내가 나를 오롯이 들여다보고 이해하고 사랑할 때, 그때야 진정으로 인성 좋은 상대를 만날 것이다.

이성을 찾아 기웃거리거나 이성에게 돈을 받아 낼 생각 따위는 하지 말자. 이혼 후에 잠시 경제적으로 시달릴 수도 있지만, 그것 또한 자신이 해결해야 할 문제이며 반드시 해결할 수 있다. 경제적 문제, 이성의 문제가 이혼 후의 삶을 황폐하게 만들 수도 있으니 조심해야 한다. 그러므로 스스로 자신을 반듯하게 세울 필요가 있다. 자존감을 찾아야 하는 이유다.

의존도를 버리고 외로움을 약으로 삼아 바쁘게 살다 보면 영혼이 성숙해짐을 느끼게 된다. 그리되면 혼자의 삶을 즐기게 되고 행복해질 것이다. 어차피 둘이 살았을 때도 외로웠다. 아니, 혼자 있을 때보다 더 외로웠다. 상기하자. 둘이 있을 때 얼마나 외로웠는지를. 그러면 좀 덜 외롭다.

자녀 삶의 안내자, 부모

나뭇결처럼 여리게 살아온

사람들이 모여 사는 그곳에

시나브로 물이 흐른다

곁방살이하는 물들도 맞아들여

서로서로 몸을 비비는 그곳엔

유난히 햇살이 노랗다

-그곳엔 햇살이 산다-

이혼 후 아이를 홀로 키우게 되면, 아이를 키워야 하는 것이 인생의 목표이자 유일한 희망이 된다. 아이를 키운다는 것은 아이에게 새로운 우주 하나를 만들어 주는 것과 같다. 아이는 반짝이는 별이자, 미래를 이끌어 갈 사람이라는 것을 이론적으로는 알지만 혼자 아이를 키우다 보면 자칫 그 사실을 잊을 때가 더 많다.

엄마 아빠가 함께 아이의 우주를 만들어 주어야 함에도 불구하고 불행하게도 한쪽이 그 역할을 하지 못할 상황에 이르렀을 때, 자칫하면 부모도 좌절하고 아이에게 크나 큰 상처를 주게 된다. 상처 받고 치유의 길에 이르지 못한 아이들은 공격적이거나 위축되는 등의 문제를 보이는 경우도 있다. 자존심에 상처를 받아 자존감이 낮아졌기 때문이다.

부부가 이혼하면 적응 기간이 필요하듯, 아이에게도 갑작스런 상황에 대한 적응 기간이 필요하다. 가정의 해체로 인한 갑작스런 환경 변화에 적응하기까지, 어른보다 더 예민한 아이들은 더 오랜 시간이 필요하다. 부모가 이혼하고 2년 후부터는 아이들의 스트레스 수치가 일반 가정의 아이들과 비슷하게 된다고 하니, 그나마 다행이다.

부모가 이혼을 했다고 해서 이혼한 가정의 모든 자녀들이 문제아가 되지는 않는다. 오히려 타인을 배려하고 책임감 있는 모범생 중에는 일반적인 가정의 아이들보다 이혼한 가정의 자녀들이 더 많다고 한다. 그러나 사회적 시선은 여전히 이혼한 가정의 아이들에 대한 시선이 곱지 않다. 아이가 학교에서 잘못된 행동을 하면 학부모들은 일단 "그 애 부모 이혼했니?"라고 묻는 경우도 허다하다. 물론 반항적인 아이들도 있지만, 이혼한 가정의 자녀들 모두가 불량하고 반사회적인 행동을 하는 것은 아니다. 단지 사회적 시선이 왜곡되었을 뿐이다.

어른들 생각에는 부모의 이혼 때문에 아이들이 상처를 받을 것 같지만, 실상은 이혼 전에 부모의 갈등과 싸움을 지켜보는 것에 훨씬 더 큰 스트레스를 받는다고 한다. 또한 아이들은 부모가 이혼하면 혹시 자신이 잘못해서 이혼하는 것이 아닐까 하는 불안감을 느낀다고 하니, 부모의 이혼이 자신의 잘못 때문이 아니라는 것을 알게 하는 것도 중요하다.

부모가 이혼해야 하는 이유도 적절하게 설명을 해 주어야 하지만 상대를 너무 비난하는 것 또한 삼가야 할 것이다. 부모가 아이에게 솔직할수록 아이는 불안 상태에서도 위안을 받고 좀 더 대처를 잘할 수 있다고 한다. 부모만 이혼하면서 홀로 서는 것이 아니라 아이도 홀로 서는 연습이 필요한 것이다.

이혼하는 부부가 저지르지 않아야 할 것 중에는, 아이에게 엄마 아빠 둘 중 누구와 함께 살 것인지를 선택하라는 것이다. 부모에게는 아이의 자유로운 선택을 존중한다는 생각에서 하는 행동일지는 모르지만, 아이에게는 잔인한 선택이 될 뿐이다. 엄마를 선택하면 아빠를 버리게 되고, 아빠를 선택한다면 엄마를 버리게 된다는 죄책감을 줄 수 있다. 이것은 아이가 짊어지기에 너무도 큰 상처이다. 이혼하는 부부가 아이에게 최대한 해 줄 것은 누군가를 선택하라는 것이 아니라, 엄마 아빠가 헤어지더라도 여전히 아이를 사랑하며 부모 역할에 최선을 다한다는 것을 깨닫게 하는 것이다.

사랑한다고 말하는 것도 중요하지만, 무엇보다 행동으로 끊임없이 아이에게 사랑을 전하는 것이 중요하다. 아이들이 방황하더라도 다그치기 이전에 우선 안아 주고 토닥여 주자. 부모의 보살핌을 받아야 할 아이가 부모의 관심과 보살핌에서 멀어졌을 때 받아야 할 충격의 세기는 상상할 수 없을 정도로 크다. 아이 입장에서 아이가 어떤 불안과 감정으로 자기 자신을 찾아가는지 조용히 지켜보면서 무조건 토닥이고 사랑해 주자. 실컷 울게 내버려 두고, 그 울분을 토할 수 있는 토대를 만들어 주면서 토닥이다 보면 아이들도 서서히 제 자리를 찾아갈 것이다. 홀로 서기가 제 아무리 힘들어도, 아이의 반항이 도저히 견디기 어려워도 포기하지 말고 일반 가정의 아이들보다 더한 사랑으로 품어 주어야 한다. 그래야 아이가 스스로 자신의 정체성을 찾고 삶을 살아갈 길을 열게 된다. 어떠한 악조건 속에서도 아이들은 사랑을 먹고 자라야 몸과 마음이 튼튼해진다. 명심해야 할 부분이다.

부부가 이혼한 것은 서로 맞지 않는 부분 때문이지, 여전히 아

이의 부모임에는 변함이 없다. 이혼으로 인해 비록 가정이 해체되었다 할지라도 부모는 여전히 자녀들에게 자신들의 역할을 다하는 것이 중요하다. 그래야만 아이들이 자존감을 잃지 않고 자신의 능력을 키울 수 있다. 아이들을 위해서라도 서로의 입장에서 지속적으로 최선을 다해야 한다. 아이의 상처를 어루만져 주고 그 상처를 치유해 주는 것이 부모의 역할이기 때문이다. 그렇기에 아이 앞에서는 헤어진 배우자를 비난하지 않아야 한다. 비난보다는 좋은 기억을 공유할 수 있도록 배려해 주는 것이 좋다. 비록 부부는 원수가 되었을지언정 아이에게는 세상에 둘도 없는, 믿고 의지할 수 있는 소중한 부모이다.

나는 아이 앞에서 될 수 있으면 아이 아빠 흉을 보거나 비하하지 않으려고 애를 썼다. 단지 엄마와 맞지 않는 사람이었을 뿐, 착하고 좋은 아빠라는 사실을 강조했다. 그래야 아이가 건강한 생각을 할 수 있을 거라는 소신 때문이었다.

아무리 이혼했다 해도, 지난 시절의 좋은 기억이 없는 것은 아니다. 분명 사랑했기 때문에 결혼 생활을 유지했을 것이다. 그럼에도 가정을 해체해야 하는 이혼은 가족 모두에게 아픔이자 상처이다. 그러나 언제까지 상처에 머물러 있을 수만은 없다. 보다 나은 미래를 위해 서로 열심히 살아야 자녀에게도 좋은 모습을 보이는 것이다.

이혼한 부모들은 아이들에게 지워지지 않는 죄책감을 지닌 채 사는 경우가 많다. 솔직히 말하자면, 아이 아빠와 이혼한 지 10년이 훨씬 지났음에도 나 또한 아직까지 딸에 대해 미안함과 죄책감을 느낄 때가 많다. 그러나 심리학자들은 그 죄책감에서 벗어나야 한다고 조언한다. 그래야 아이도 부모의 죄책감이라는 그늘에서 벗어나 당당해진다고 하니, 하루빨리 죄책감에서 벗어나 당당해져야 할 것이다.

부모에게는 부모의 인생이 있듯, 자녀 또한 자녀의 인생이 있다. 아이들은 어른들이 생각하는 이상으로 현명하며, 어떠한 상황에서도 인생을 스스로 개척하려는 에너지가 있다. 이혼한 부부 중 어느 한쪽이 아이를 키우고 있다면, 아이를 양육하지 않는 쪽은 아이에게 소홀해지는 경우가 많다. 하지만 아이를 양육하지 않더라도 아이가 자신의 인생을 잘 개척해 나갈 수 있도록 돕고 관심을 가져 주는 것이 이혼한 부부의 덕목이다. 이혼한 부부는 서로 만날 일이 없지만, 함께 살든 따로 살든 자식에게는 변함없는 사랑을 쏟아야 한다. 그래야 아이가 행복하다.

부모는 각자의 자리에서 자녀의 인생이 바로 설 수 있도록 햇살이 되고 그늘이 되면서 길을 안내해야 한다. 아이에게 어려움이 닥쳤을 때, 누가 키우든 상관없이 아이에게 먼저 달려가자. 죄책감으로 애먼글먼 하기보다 자녀가 자신의 인생을 제대로 살아갈 수 있도록 영원한 보호의 그늘이자 버팀목이 되도록 노력하자.

이혼한 부모의 자녀라고 손가락질 받지 않게 하려면, 아이가 보다 현명하게 자신의 앞길을 걸어갈 수 있도록 듬뿍듬뿍 사랑을 주자. 그것이 부모의 역할이다.

시린 어깨 포근히 감싸 줄

그런 친구 하나 있으면 좋겠다

채곡채곡 쌓이는 눈

털어 주며 어깨걸이할

친구 하나 옆에 서서 걸었으면 좋겠다

설움 한득 안고 사는 빈 가슴에

너의 푸른 가슴 하나 있으면 좋겠다

- 친구-